至味：茶客故事

王斌泉◎著

南方日报出版社
NANFANG DAILY PRESS
中国·广州

图书在版编目（CIP）数据

至味：茶客故事 / 王斌泉著. -- 广州 : 南方日报出版社, 2018.11
ISBN 978-7-5491-1909-7

Ⅰ. ①至… Ⅱ. ①王… Ⅲ. ①随笔—作品集—中国—当代 Ⅳ. ①I267.1

中国版本图书馆 CIP 数据核字(2018)第 248139 号

ZHIWEI:CHAKE GUSHI
至味：茶客故事

著　　者：王斌泉
出版发行：南方日报出版社
地　　址：广州市广州大道中 289 号
出 版 人：周山丹
责任编辑：刘志一　付惠平
责任技编：王　兰
装帧设计：肖晓文
责任校对：裴晓倩
经　　销：全国新华书店
印　　刷：广东信源彩色印务有限公司
开　　本：889mm×1194mm　1/32
印　　张：8.375
字　　数：200 千字
版　　次：2018 年 11 月第 1 版
印　　次：2018 年 11 月第 1 次印刷
定　　价：38.00 元

投稿热线：（020）87373998-0503　读者热线：（020）87373998-0502

自序

唐人有云：“涤烦疗渴，所谓茶也。”

这几年我在茶叶上花了不少心思，一直想写点关于茶叶的东西，但茶叶种类丰富、知识面丰赡，每一个茶种细究起来都需要大量的知识积累。我想通过文字载体去表述当代生活情境，缘于2016年冬季。当时，我正在看中国古代笔记，联想起与喝茶相关的很多片段，在当代社会环境下，相映出不少意趣。

“独钓寒江雪”“采菊东篱下，悠然见南山”“讵有青鸟缄别句，聊将锦瑟记流年”，古代诗歌常常出现一种特定的意境或生命体瞬间的意象，背后的故事可能非常有意思，铺开来写就是一篇篇小说了。像《故香》《闲人》《春光》《茶会》《计划》等篇，都是脑海中先有了定格的画面，才去试想一些故事。开始的想法是权当练笔，三四千字一篇，逐渐有了新的素材和想法，慢慢形成本书系列短篇。

毕竟是业余爱好，虽然这些年触类庞杂，我对各种茶叶都略知一二，但博而不专，难说都喝得明白。在平日生活当中，虽然由于工作原因，较少坐茶论道，但通过网络BBS论坛、微信群，我在全国各地都有不少茶友，正是通过与众多茶友的日常接触，发现了很多有意思的片段。这些普通喝茶人的故事，或来自茶友间寻茶、品感交流及日常轶闻，或源于文章中的话述，或直接来自茶友无意中说起的闲话。

我们所处的每一个环境、社会以及时代，都是绝无仅有的。中国为茶叶品饮大国，全国各地有万千普通茶客，能有一本小说来表现他们的生活，应该是一件有意思的事情。见过很多茶友，他们收藏的茶是自己这辈子都喝不掉的，越是这样的茶客越有意思。他们往往是费尽心力找一款好茶，得到了却舍不得喝掉。很多老茶客寻茶，是为了说句“不过如此”，但没有喝过，你就不能说这四个字。

相比于现在的人情关系，茶友间还有相对简单的赤子之交。可能大多喝茶的人都喜欢安静、闲适、自在的生活方式，很多茶友开口称兄，尚存古风，茶友之间交流、分享茶叶也是常有事情。我把笔下茶文归类为茶叶笔记小说，因为笔记比较散漫，想到什么写什么，此外笔记基本内容就是两类，一为世情，一为传奇。这两者又是互相穿插的，普通人的生活，某一刹那、瞬间，也有传奇的一刻。

刚开始设定篇章都以茶叶为主题，但后面发现这样题材太过狭窄，有些篇张过于随性。在修改中我的行文要求是以茶起意、意在茶外，世俗百态，人生况味，要写得有点意思，每一篇的成文能切入一个话题，成文后虽然散杂，好在都还没有跑得太开。

目前国内茶叶的现状令人堪忧，千回陈掌柜曾言："茶叶水不深，但是太浑，茶叶产销信息的不对称，让很多茶叶销售变成'讲故事'，和当今的农产品一样，喝上一杯有机茶也是一件不容易的事。"相比老一辈茶人，如今茶叶从业人员良莠不齐。在上世纪三四十年代，一代茶人肩负茶叶报国理想，前辈风范，山高水远。本书中有一些前辈茶人的传奇，也有真实历史夹杂虚构小人物的悲欢，再述那段历史，聊表个人敬意。

老舍先生说，戏剧必须先做茧，到末了变出蛾子来。小说是个系统工程，这些年写得少，文字生了，常常感觉自己笔力不够，修改工作也拖了很久，过程中常常伴随着无助感，很痛苦。亨利·米勒说："我终身的愿望并不是活着……而是自我表白。”文字始终是我很多年以来的梦想，在目前的社会情境下，为这些普通茶客画个集体像，成了我完稿的动力。虽然成稿不算特别满意，但写的过程确实情不自禁，笔无藏锋。

从完成的这些篇章看，主人公大多是孤独、恓惶、失意的代言人，在有意无意间呈现了个人的心境。喝茶不同喝酒，讲究精素简洁，喝茶更多的是私人行为。特别是在当前这个处处热闹的社会，心灵常常是孤寂的。圣人忘情，最下不及情，情之所钟，正在我辈。这简简单单的临杯一味，喝下去无数心事。

常常有人问我，为什么喜欢喝茶？喝到好茶时静定喜悦，是阳光铺满心底的感觉。朝花夕拾杯中茶，从门外汉到喝茶略有所得，这些年确实得到有之，失去有之，还是感谢这段自我学习、成长的日子，对寻茶、喝茶的专注让我能够重捡文字。

在这里特别感谢厦门大学刘小斌老师，刘老师喝茶、藏茶、制茶多年，是我茶叶入门的引路人。本书中很多有关茶叶的一手资料取自刘老师文章，茶无定式的想法给了我全新启发，他说：“茶树的鲜叶和鱼一样，只是基础的原料，制作成什么样子，并没有限制，即使是一条苏眉鱼，只要你高兴，也可以做成水煮活鱼，谁又能说不可以呢？”

感谢刘晖、刘宝两位兄长多年鼓励和帮助，感谢南方日报出版社刘志一老师扶持，本书的灵感与素材，部分来自陈大昆、杨舒平、姜慧杰、徐骏、张健浪、崔燕萍、佘燕、黄世旺、孙德忠、卢月、林杰、曹强、魏罗杰、陈建、鲍素辉、张丽珊、左玲玲、武夷溪月、小木头等茶友，还有众多的不知名茶友，在此一并谢过。

我有一杯茶，欲以赠远人。愿子留斟酌，叙此平生亲。

目录

茶卤

堂姐听说我业余在鼓捣茶叶，让我找个时间上她家里照个面，说有事商量。

虽然在同一个城市生活，但姐弟俩难得照面，一年也就能见上个三两回吧，多是过年过节之际。堂姐从小脾气犟，北京人说拧巴，天津人说轴，现在网络流行词说执念，我们这边话讲，一根筋，都是差不多意思。

记得小时候有一回在同个桌上吃饭，小孩子嘛，只管抢着往碗里夹爱吃的。我正吧唧吧唧吃着，堂姐用筷子敲我的手："吃饭不要像猪，囫囵吞。"没过一会儿，堂姐又敲起我的头："叫你不要吧唧嘴，说了不听。"我哭得委屈，从此对堂姐存了畏惧之心。

我七八岁的时候，堂姐十岁出头。冬天了，堂姐要做个毽子，那时候做毽子呢，都从公鸡尾巴前面一段取毛，那个地方除了花色好，毛长也比较合适。堂姐事事想要拔尖，看中了家里那只大公鸡油亮的花羽毛。她一直虎视眈眈，喂鸡食时想"顺手牵毛"，几次三番未能得手。大妈在边上说："过年前要杀的，到时由你第一个挑毛，现在急吼吼的，你见过吃活猪肉的？"

寒假里的一天，大人都不在家，堂姐又惦记上了这只大公鸡，院子里开始鸡飞鸭跳。我正坐在板凳上晒太阳，听了动静来瞧。那只公鸡和她打起了游击战，跳到草垛上，窜进竹林中，最后钻回鸡棚里。堂姐围追堵截了小半个钟头毫无所获。

我想起学校开运动会时的热闹场景，便在一旁喊道："加油，加油！"

堂姐在鸡窝旁正着急，转身怒道："都怪你，在旁边乱喊乱叫。"

我一脑门汗，分辩不得，"我不知道啊，我可是个小孩啊。"

堂姐叫道："去去去，叫几个人来。"

得了令，我找了一帮小孩过来。堂姐在鸡窝边上撒一圈米，招呼我们围成一圈，口里开始喝鸡："鸡咕咕，鸡咕咕……"

这只鸡终于耐不住，探出洞，缩起身，见动静不大，便往前踱几步，啄起米来。堂姐抢前掩住洞口，发一声喊："捉！"

/3/

大家向公鸡拢过去，鸡闪转腾挪，却抵不过人多势众，终被小伙伴合力扑倒在地，大呼小叫着。堂姐招呼大家摁紧了，走过来瞄着，拔一根鸡毛；端详一会儿，再拔一根。她从从容容连拔了十来根鸡毛。

堂姐喜欢看书，中学那时成绩挺好，据说是贪看课外书，最后只上了一所普通大学。毕业找了个小企业，觉得不满意，想考研，想自己开店，想到大城市发展。一番折腾终究还是原地踏步，个人问题上也是拖拖拉拉，年过三十才嫁人。

我惦记的是堂姐的一手好菜。她在餐馆看到好吃的，会参考着做一做；外出旅游，看到同样的菜有别致的做法，回家也会试一试。现在网络发达，她的业余兴趣放在了研究各种菜谱上。

这个周末，我赶着饭点去了堂姐家。堂姐在厨房里忙活，姐夫招待我先坐，说："陪小孩子上了一天的辅导班，比平时上班更累，没顾上买什么菜，随便吃吃了。"

我瞄了桌上，普通几道家常菜。堂姐端着盘子上前，笑道："就这一道菜，专门为你做的。"于是其他盘子乒乒乓乓挪了位置，这盘菜直放到我跟前。我夹了一筷子，丢进嘴里，叫着："好吃，这什么菜？"

堂姐说："这道菜，算是下了点功夫，猜猜。"

我又夹了几筷子，随口说了几个菜，堂姐摇头。堂姐小孩耐不住，抢着说："是茄子。"

我细细回味，不对啊，怎么没茄子味？但这么一说，再想想，又隐隐有那么点意思。

堂姐笑说："你就和刘姥姥一样，嚼不出味道。"

我惊讶起来："这是《红楼梦》里的那道茄子，刘姥姥进大观园尝过的？"

堂姐靠着我坐了下来："怎么不是？书里说叫茄鲞，我试着做做。其实所有菜都一样，最讲究的一个是食材，另一个是工夫。按照王熙凤所言，那些料倒也能找到，鸡油、香油也不难，槽油倒费了点劲……"

姐夫顿了筷子："这个料，来回折腾，快个把月了。"

堂姐横了一眼过去："看看你嘴上的饭粒子，不懂就别乱插嘴。"

姐夫不作声，埋头扒拉几口饭，站起身来："你们慢吃，我饱了。"

我咳了一声，问："找我来什么事，还有这样的菜招待？"

"不忙，吃完再说。"

我挠着头："说吧，不说哪吃得下去？"

堂姐细细嚼尽了口中饭菜，说道："今天吃了《红楼梦》里的菜，我想你把《红楼梦》里的茶找来喝喝。"

我搪塞着："这倒没有特意留心过，要先去书里看看有哪几种吧。"

堂姐起身到书房，拿了个笔记本过来，翻了几页，递了过来。我接过，看上面写道：千红一窟、六安茶、老君眉、普洱茶、女儿茶、龙井茶、枫露茶、暹罗茶。看来堂姐是着实下了功夫，把《红楼梦》里的茶叶都列了个单子出来。

我想了想，说："有的茶可没法找，比如这个千红一窟，都不知道什么茶名，还有这个暹罗茶，是泰国茶吧，也不知道是什么茶。"

堂姐叹了口气："泰国茶估计是清朝泰国的进贡茶，不能找到的茶就算了。"

我继续说："六安茶，我想想，六安最有名的茶是六安瓜片，但那时还没这个茶。我记得《儒林外史》中提到杜慎卿宴请众人时，用的是雨水煨过的六安毛尖茶，那个时候的六安茶，我想应该就是六安出的毛尖，采摘细嫩的绿茶芽茶。普洱茶和龙井茶不说了，我那都有。老君眉、女儿茶、枫露茶我得回头查查看是什么茶。"

这一日，我不请自到，堂姐一开门，我抢着说："上次问的茶叶有着落啦，查了不少资料，也问了一些人。"姐夫拿起壶烧开水，我从随身包里取出茶叶罐来，等会就泡这个茶。

堂姐招呼我坐定，去书房拿了纸笔，要我慢慢说来。我说："《红楼梦》中提及的老君眉，按照现在的茶名判断，我本以为是武夷岩茶的一个小品种，但应该不是，因为那时候还没有岩茶。我查了原文，茶是妙玉拿出来的，出家人泡的茶应该是清淡的，刘姥姥喝了也说淡，所以有人说老君眉是湖南名茶洞庭银针。那怎么会有个'老'字呢？我估摸着，最靠谱的还是福鼎、政和那边的白茶，级别应该是银针，刘姥姥说不喝六安茶，妙玉解释说是老君眉，可见两个茶是形似的。六安毛尖是芽茶，而银针也全是芽，两者接近。"

"女儿茶呢，有点争议，现如今泰山也有女儿茶，是绿茶，芽茶。《红楼梦》文中提到这茶，是林之孝家的关照泡普洱茶给宝玉消食，袭人、晴雯回应说已经焖了一茶缸女儿茶。绿茶的喝法不能焖，所以我觉得女儿茶就是普洱茶，不过是普洱茶的芽茶，当年也是清朝贡茶。"

姐夫端着茶杯过来，我揭开杯盖，对堂姐说："你喝喝看，这个就是枫露茶。从字面上解释，是'秋天的茶'。《红楼梦》文中所说，是三四次后才出味道的。白茶有白露和寒露之分，白露是秋茶，寒露是秋末茶。对应着泡三四次才出味道，我觉得是白茶。当然这个是我自己的看法，网上各种说法也有，你也可以搜搜看。”

堂姐抿了一口茶，笑道：“嗯，跟以前喝的还不一样，有点秋天的味道。对了，还有件事问你，我最近又翻了《红楼梦》，第五十六回中有这样的记述：宝玉醒来后，早有丫鬟捧过漱盂茶卤来漱了口。这个茶卤又是什么？”

我挠挠头，说道：“茶卤，应该是喝剩的茶水，这个应该没什么好细究的吧。”

堂姐说：“《红楼梦》里泡茶的水这么讲究，用的雨水、雪水、露水，这个茶卤估计也有什么讲究的。”

姐夫在一旁清清嗓子：“这个茶卤就是要倒掉的茶水，可能还能煮煮茶叶蛋吧。”

我附和着笑，见堂姐冷过脸。姐夫站起身：“你们坐坐，我看看小孩作业做完了没有。”他转身去书房。

一会儿，听到小朋友喊道：“爸爸，你不要添乱好不好，去，找你们大人玩去。”

堂姐拿过笔记本，说：“茶卤实际就是很浓的茶水。你看我笔记本里记的，老北京人在日常生活中为了方便随时饮用茶水，早起便在茶壶中放入多多的茶叶，用开水沏泡，这样沏泡出来的茶汤很酽，又苦又涩，这就是茶卤。等到需要饮用时，拿一个杯子或碗，倒出一些茶卤，兑上开水，这样酽茶的苦涩味冲淡了，茶水的温度也正好合适，方便了饮用。不过像贾府这样的人家，不知会用什么茶做茶卤。”

我道：“这样来说，浓茶汤，就是茶卤。宝玉用来漱口的茶卤，应该是没什么讲究的吧。茶卤用来做茶叶蛋，姐夫刚才提议不错啊。”

堂姐说：“你们就知道吃。那我今天就用这些剩余茶水试试看吧。”

“这些还不够浓，还得浸泡一段时间。刚才说的这些茶叶我都带了一些，你有空可以慢慢试试。”

我起身告辞，姐夫送我出门外，小声说：“别太依着你姐的性子，她是小姐的心，丫头的命呐……”

一天，堂姐一大早来电话，让我过去试试茶卤。我推说有约，堂姐声音高了，“你到底来不来？”想起小时候拍过来的一巴掌，我连声说：“我来，再晚都来。”

到了堂姐家，香气扑面而来。她端出来几个茶叶蛋，让我趁热吃，说卤水的精华就在茶叶蛋上了。我剥一个，咬一口，情不自禁地赞叹道：“好吃，好吃！”一连吃了几个，舌头才有空伸出来说话，我从来没有吃过这么好吃的茶叶蛋。

堂姐皱着眉头：“你怎么还和小时候一样，吧唧着嘴。”

我笑着说：“碰到好吃的东西控制不住，吃相原形毕露啊！你这茶叶蛋怎么做的？刚才用的茶卤是白茶吧，有药香！”

堂姐去厨房，端了一盆上来，说：“试试这个，加了陈皮和普洱的。”

我取出一个，等不及去掉壳，咬下一口。“嗯，这也好吃！快说说，都怎么做的？”我问。

堂姐脸上闪现异样的光彩，她慢悠悠地说：“调制卤水，你要靠味觉与想象力。这里面就不光光是茶卤了，还要加盐、冰糖、红糖及香料调制。茶叶你懂，但做菜你不懂。”

我拍了照，发了朋友圈。我朋友圈里大半是全国各地的茶友，他们大多是吃货，看了图片馋得不得了，都缠着我要，有几个还主动发了红包。我让堂姐做了十来份快递出去，大家一致反馈说，太好吃了！这十来个人或微信群或朋友圈一顿猛夸，于是我这订单已经上百个了，我动员堂姐开个微店，业余挣点钱。

过了些日子，堂姐让我帮忙参谋，她这微店订单太多，虽然老请假在家，也已经忙不过来了。有一家大公司准备规模化生产，找她谈合作，那边负责运营和销售，她负责产品配方。我找了个律师朋友来帮忙谈判，她只提了一个特殊要求：北京地区的客户，全部包邮。她说当年一直想到北京上大学，说那是全国最有文化的城市，可惜到现在，她还没去过。

今年国庆假期，我去北京旅游，特意在香山转了转，摘了几片枫叶回来。我带了些果脯给堂姐，几片枫叶一并放在盒子里，我告诉堂姐："这种叫黄栌，是香山红叶的主力品种。"

后来我忽然想起一些事情，于是对堂姐说："最近我又琢磨了，觉得贾母不喝六安茶，是因为绿茶有寒性。而君山茶，想来应该还是湖南岳阳的君山银针，因为那时君山茶是黄茶做法，茶青炒焖、温热黄变后，香高味甜，口感醇和，适合老年人。"

堂姐看起来忧心忡忡，她点点头。"茶卤那事到现在还没谈好，我心里没底，不知道配方该值多少钱。"她手摩挲着枫叶，说，"北京的天凉得好快，这会儿枫叶都红了。"

斗茶

大眼睛打电话来："周末有空吧？斗斗茶吧，大家也好久没照照面了。"

"好啊，你不是换了大房子，现成的地方。"我说。

"以前不都是去你家吗？现成的楠木茶桌啊，陶老师离你那儿近，再说我和狮狮头不太对付。哎，这次你可一定让他来。还是你主持，我保证带个好茶，哎哎哎，就这么说定了，挂了。"大眼睛说话似连珠炮。

这里的斗茶，是说着玩的，跟宋朝那时候的斗茶扯不上关系，其实就是喝喝大家带来的茶，相互比较下，没太大讲究。以前我经常与陶老师、大眼睛、杜平和狮狮头一起喝茶，偶尔还有祥子和老于。后来杜平结了婚，祥子去了外地，大眼睛和狮狮头闹了几次别扭，我妻子又老埋怨每次聚会家里乱成一团，所以大伙好久没聚了。

我在之前的茶群里吆喝了一声，这几个人相继发声要赴会，连千里之外的祥子都坚决表态："如果不是在外地，爬都要爬过去。"

确定大家要来我家聚会后，我找了个机会，偷偷和女儿说："想不想挣上两百块？"

女儿唰地睁大眼睛，问："要我干吗？"

"这个周末你就和你妈说要去姥姥家，一定要去，死乞白赖那种。"小姑娘爽快答应了。

周六晚六点不到，住小区另外一个单元的狮狮头蹦跶过来，他说："哎呀，泉哥，你是怎么样让嫂子心甘情愿回娘家的？教我两手，我也回去摆划摆划。"

"每次空着手来，你好意思啊，我都替你不好意思。"我没给他好脸色。

狮狮头说："你让我跑到小区门口再拎点水果上门，这不是折腾吗？我给你个100元，明天你看着买，想吃什么买什么。"

我伸出手来："钱来。"

狮狮头满脸惊异地说："还真要啊。拿了你也感觉不太好意思，对吧？"

我的手继续向前："快拿出来啊。"

狮狮头身子侧过一旁："我知道你不会收，就不拿了。来，来，你看看这桌上乱的，杯子好久没洗了吧，我替你冲冲水去。"

陶老师和大眼睛同时抵达我家，然后是杜平两口子。杜平介绍他妻子时，会说"这是我家那口子"。于是我们都背后以"杜平那口子"指代他的妻子。杜平那口子斜倚在沙发一侧，从包里拿本书出来，笑笑说："当我不存在。"便埋在书里。

没到的只剩老于了，他这人好迟个到，每次迟到进门时他就说："后到的人有福，喝现成的茶。"

人齐了以后，大眼睛抢着让先泡他的茶，说："这次可是专门去了广东乌龙原产地——潮州凤凰镇，买的当地海拔最高的茶！乌岽山，这个山上的茶，是品质最好的。谁叫我人品好呢？我有一个朋友的朋友在那里，绝对正宗！不好意思，哈，我是不是话多了。"

狮狮头旁边冷着应和："是话多，充人（逞能）嘛。"

大眼睛恨声道："好说好说，等下看看您带的什么茶，让咱开开口。"

我先泡的是一款普洱古树，这款茶最近开饼，感觉不错，先拿来开场。我给众人分洗了杯子，拿起公道杯，给大家倒茶。

大眼睛叫起来："不是我说，阿泉，你杯子里茶汤倒得太满。茶倒七分满，留得三分人情在，传统潮汕工夫茶都这样。"

陶老师见我脸色不好看，在一旁打圆场："那是广东人的喝法，潮州毕竟和咱们江浙不一样啊。”

狮狮头笑着帮腔：“大眼睛什么时候移民去广东，我们就遵照他的方式来。”

众人喝了几道，狮狮头吵着要换他带来的凤凰单丛东方红，看我泡茶不紧不慢，忙说：“这茶出汤，快进快出啊，单从讲究这个。”

茶汤倒上，端起杯子，我闻了闻说：“水蜜桃香味，大伙闻闻。”连杜平那口子也不禁抬起头，赞道，好香的茶叶。

大眼睛笑得眯着眼睛：“还是嫂子识货。”

杜平摆摆手，说：“她不懂，不识数的。”我偷眼望去，杜平那口子继续低下头看书，双肩微微颤抖。

接下来的茶是杜平带的，说是朋友给的正宗台湾木栅铁观音。大家喝了都说，果然和安溪那边的不一样。

这时，狮狮头神神秘秘地从包里拿出一小包茶，清清嗓子说：“我说各位老师，这个我就这两包，喝了一包，这包可是一直舍不得喝。”

大眼睛撇撇嘴：“你是留着来显摆吧。”分了茶，他凑前闻一闻，刚想说没什么香味。

只听陶老师叹道，好茶！大眼睛眼睛发光：“陶老师，喝出来了？”

陶老师继续闻一闻杯底，然后问：“野生的？”

狮狮头笑了：“茶不负人，人亦不负茶，还是陶老师喝得对味。”

大眼睛急道：“陶老师，你看我的茶呢。”

陶老师点点头。“这样吧，这四款茶各有特色，我就以戏曲来说道说道。正岩单丛，品之如听越剧，咿咿呀呀，呢呢喃喃，柔肠百转，荡气回肠。木栅铁观音呢，如闻京剧名段，须是高亢的流水板，深沉而幽远。狮狮头这款是武夷山的老枞水仙吧，正似秦腔，慷慨悲壮，野性外露，有一种无以言说的老味儿。最开始这道古树生普，初有苦味，确是九曲一回，需要细品才有味道，激越、悲凉，让人想到河北梆子。”

狮狮头笑了：“陶老师好文采啊，文无第一，武有第二，你还是没说出来个高低吧。要不，泉哥，你来说说。”大眼睛也示意，轮到我了。

我想了想，说道：“喝茶讲的是个性情。陶老师以戏曲作喻，我且借用下《二十四诗品》，大眼睛的单丛——典雅！落花无言，人淡如菊。书之岁华，其曰可读；杜平的木栅铁观音——沉着！海风碧云，夜渚月明。如有佳语，大河前横；大眼睛的老枞水仙——高古！月出东斗，好风相从。太华夜碧，人闻清钟；我的古树普洱——委曲！力之于时，声之于羌。似往已回，如幽匪藏。”

杜平一旁拍手：“以诗品论茶品，有才！”

陶老师赞道：“以前报纸副刊还在的时候，杜平、老于和阿泉可都是我的主力作者，唉，当今的纸媒可是江河日下啊。”

狮狮头却不满：“你们两位是高才，可怎么着也得分个高低才对？”

大眼睛声音高了：“别个也罢，今天就我和狮狮头的茶，你们说说谁更好一点？”

我正想着如何圆场。门嘭嘭嘭响起来，大眼睛跳起来开门，看是老于站在门口，嚷起来：“平常你都迟到一会儿，今天你是来参加闭幕式的？”

老于手中提了一袋子糕点，让大眼睛拎进来，说："知道喝到这会儿，大家肯定饿了。"他在门口一直不肯进来，说最近实在太忙了，前妻病了，又好久没见大家，这次肯定要来的，但临时又找不到人照看，只好匆忙买了点茶点过来，打声招呼就走。

大家都邀老于进来喝杯茶再走。他摆摆手："茶须慢品，急脑急火的，喝不出味道。"又说了几句，他便和大家作别。

我一声叹息："你们说说，他老婆是跟着人跑掉的，这会儿又跑到医院去伺候，是不是太窝囊了。"

陶老师说："性格决定命运，也是他，该着了。"

狮狮头又催："你们倒是说话，我和大眼睛的茶谁好？既然陶老师不说，阿泉又是主人，总要左右做人，那杜平你说说。"

杜平低着头看杯子，说："阿泉养的杯子不错嘛，现在汝窑开片的效果都出来了，纹路很清晰。记得张爱玲《金锁记》上写的'一树的枯枝高高印在淡青的天上，像瓷上的冰纹'，你们看，这个比喻多形象啊。张爱玲真是天才啊，一百年出不了一个。"

我笑道："你中学时候就很迷她，一直钟情到现在啊。"

杜平那口子冷不丁插了嘴："杜平一直喜欢谁？"

大家笑起来。大眼睛挤着眼睛："杜平说，他中学时候的暗恋对象，到现在还是喜欢。"

杜平那口子干笑着："不是酒后才吐真言，喝茶也能啊？"

杜平不自在起来，声音高了："别听他们瞎扯。"

"你以为我不知道他们开玩笑啊，你这样说，倒显得我小家子气了。” 杜平那口子音调也高了，她站起身说，“要不我先走了，省得杜平在这儿，说什么还有避讳，让大家不尽兴。”

杜平别过脸：“你还来真的，那你先走。”杜平那口子于是拎了包往门口走。

我忙道：“好好的干吗呢？劝两句吧。”

杜平脸僵着：“不用，不用。”

杜平那口子换了拖鞋，“砰”一声用力带上门。慢慢地过了几分钟，我们还远远地听见他那口子“呱嗒呱嗒”的脚步声。杜平强笑道：“我这耳朵有点问题吧，怎么现在还听到她在下楼？”

众人看着他说：“她没坐电梯啊。走下楼的？这是12楼啊！”

杜平忙蹿起身，说：“各位，我先走一步了啊。”

陶老师看杜平冲出门去，笑道：“现在还是春天啊，都不等秋后才算账啦。”

我去冰箱找西湖龙井：“现在人火气都大，喝点绿茶，清清火。”

狮狮头侧脸道：“上次别人给了一种安徽绿茶，火青，颗粒状的，还第一次见。”

大眼睛调笑着：“这茶好，带火气，又有青味，比较适合您。”

狮狮头怒道：“有人涵养不够，看来还是嫩了点。”

大眼睛站起身：“哎，狮狮头，别倚老卖老！今天我是看着陶老师在啊。泉哥，我和你说，下次狮狮头来，别叫我，我跟他没眼缘。你们喝着，我到外头吃根香烟。”

狮狮头追上去："你这话说的，我要和你好好说道说道，怎么就和我不对付了？"说完又回头对我说："泉哥，你陪陶老师坐坐，我和大眼睛外头解决。"

看眼镜片朦朦胧胧、有了层水汽，陶老师摘下来，感慨着："你说大于也好久没见了，今天见上也没说几句话，不知道他还写不写。当年认识的时候他还在灯具市场打散工，现在估计也没个正经工作，以前写写文章，稿酬好歹也有个千字三十的。"

"要不打个电话问问现在他什么情况，约他什么时候单独聚下？"我说。

"好，"他拿出手机，翻了好一会儿，说，"我没他号码。"

随后，我查了查手机通讯录，居然也没老于的。

我俩都很惊奇，怎么连个联系方式都没存？思来想去，发现我们从未主动联系过他。但奇了怪了，每次喝茶是谁通知他的？

我想不通，到门外看大眼睛不在，打电话问他："老于是你叫来的吗？"

大眼睛电话那头说："是啊，我回家经过他家老房子，跟他说约了陶老师到你家喝茶，让他一定来的。前面几次也是这样啊。"

"噢。那你现在在干嘛呢？和狮狮头争完了？"我问。

"我俩在路边摊呢。喝了半天茶，又吵了小半天，都饿了，我们吃点东西再论论。"

"你有老于手机号码吗？"

“他没用手机，反正也没几个人找他。”

陶老师听了老于的事情，说：“前几年谁有个手机，真是稀个奇，现在谁没有个手机，更是稀个奇。”

我不知道说点什么，随口来了一句：“这老于，人不错啊。”

“人是不错啊。”陶老师点点头。

我起身斟茶，陶老师看杯子已满，长叹一声：“乳瓯十分满，人世真局促啊。”

巧生

巧生是聪明的朋友，什么都比一般人在行。大家都喝茶多年，但都没他能说道。他看看茶树，黄皮白斑，“这不是典型易武古树嘛”；看别人泡茶，水冲入，茶叶仍有呲呲声，他咂咂嘴道，“这白茶吧，干度很达标”。

“我们行内人评价一杯岩茶好坏，除了闻香气，主要看汤水，常说的一句话就是：这个茶有没有底。底的意思，”巧生眼神直视着你，“就是茶汤如何，茶韵如何？”这个行内人士是巧生自封的，我们这些行外人士却没法提出反对意见。

喝茶论器，巧生更是触类旁通。“嗯，这次的压手杯与前几次比，釉厚且油润有玉质感，青花色浅的地方显得立体感很强，色深的地方虽然锡光斑没有做，但也有从釉面表层浸入的感觉，用手摸上去有轻微凹凸感，不错！”

巧生，是慷慨的朋友。茶会上谁说他这款茶好，不管多贵，他当即将袋子、罐子丢过来，“拿去拿去”；谁夸他的杯子好看，他端详一会儿，将人拉住，“拿去拿去”。巧生后来找了个性格相反的女朋友小李，她常常让一帮朋友下不了台。巧生送出去的茶杯，后来多半被小李挨家挨户敲门收回。奉子成婚以后，巧生的藏茶真正变成了“藏茶”，买了好茶，家里放不得，分放在我们几个朋友家。

巧生，还是个有情趣的朋友。毕业那会儿，收入不高，我们住在一起时，两人只能在桌上空口想象着各种好茶。古画饼充饥，今空口喝茶，多半是巧生在说，我在听。“今天喝什么茶——陈年老银针！汤感香醇，就像咬了一口润唇膏，清凉、绵密、甜柔，含在嘴里化开了的感觉。再喝什么茶？陈年乌龙！嗯，茶香犹在，茶汤厚重深浓，味道饱满滑润。再喝！咦，这不是铁观音的味道嘛，带有明显的兰花香气，幽远清寂，梅吐寒香，好茶好茶！”

和巧生一起走路，他常常张张手，朝前摇一摇，我放眼望去，却是相识无一人。我忍不住问：“和谁打招呼呢？”

巧生直视着我，回答：“人需要自得其乐。你这人，没情趣，你想象着，对面一大堆人在和你打招呼，是什么样的感觉？生活需要策划，哪怕虚构的生活也要过得有滋有味。”

我见识过巧生的“策划生活”，记得那次我们在合肥汽车站候车厅坐着，突然车站广播通知找人：“郑巧生同志，你的朋友在入口处找你。”

我转头看，见巧生定定坐在旁边，便满脸疑惑地问他：“你刚才去广播站了？”巧生抄起电话，有说有笑原地打着转，高声说：“回来一定带礼物，一定一定。”他那天手机明明是没电关机状态，我上前作势夺他手机，他躲闪着上前检票，朝前走几步，停下，向后面挥挥手。

那时巧生的儿子阳阳三岁多。我去巧生家吃饭，他对小李准备的饭菜不很满意，时不时提出意见，让一旁的我给他作证。小李心头有火气，瞅着阳阳半天不动，怒吼道：“郑——翰——阳！”

阳阳赶紧把目光收了回来，勺子划拉着饭碗。

小李筷子敲着碗沿：“说了几次了？吃饭时不准看电视！你看看，才扒拉几口饭？巧生，遥控呢？把电视关了！”

巧生说：“我哪知道，不是你拿的吗？”

小李来回兜了一圈，没找着遥控，走上前直接揿了电视机的电源键。

阳阳哇地哭了起来。

小李烦了：“哭，还哭？说过没有，哭一次打一次。”

阳阳挥着手：“不要，不要！”

小李声音高了：“我数到三！一！”

阳阳带着哭腔喊：“不要一！”

小李拉长着声音：“二！”

阳阳蹦着喊：“不要二！”

“三！”小李从沙发上拎了一根皮带过来。

阳阳大哭，上前紧拽皮带：“不要三！不要三！”

小李吼道：“还哭？还哭！”她松开皮带，走到阳台上，扯下来一根衣架。

阳阳一路跟过去，一只手抹眼泪，另外一只手抓着衣架。

衣架高高举起，落在阳阳手上，他哭的声音更大了，接着他被小李抓到墙角面壁：“头抵在墙上，不准动，半个小时。”

我看着阳阳后背一耸一耸，劝道：“小孩子这么点大，不懂事呢。”

巧生坏笑着：“小孩子精得很呢。听听，这会儿怎么哭的。是不是半天抽下鼻子，断断续续哼哼？这是装哭，其实现在没眼泪水了，他现在就指着你求情呢。”

“这你都知道？”

巧生笑起来：“听得多就知道了。根据他哭的样子可以判断，是委屈、耍赖、要挟，还是求救。反正哭的方式不一样，‘哇哇’‘呜呜’‘啊啊’‘嗷嗷’‘啊呀’，你以后有了小孩就知道了。”

巧生的暗门是赌，一上赌场就红了眼睛，往外掏钱：“拿去，拿去，输去！”输多赢少，总想翻本，于是越输越多。那段时间凡是熟人，巧生几乎都借过赌资。后来借无可借，他打起了新主意：“阿泉，我放你那边的茶叶，算个数吧。三个月，不，两个月，还不上，这些茶，全归你！”

转变是从玩股票开始。巧生对股票上了心，什么有效市场假设、无套利定价，原理一大堆，还学用市盈率、现金流、红利等参数算股价，并且时常说出很多不知从哪来的内幕消息。没到小半年，巧生得意了，之前拖欠朋友们的那些借款，他放话要双倍奉还。

当我要求探索共同富裕之路时，巧生瞅着我："玩股票应该玩到人股合一。在宁静的夜晚，你坐在窗边，闭上眼睛，新闻、政策、K线、D线、J线、M线，在脑海里飞快变幻，你能做到吗？算了，算了。天分这东西，怎么讲呢，天生的。你看，我大你一岁，出生了就决定，永远都是大你一岁，你怎么追也不行了。"

巧生拿茶作喻："这股市的灵敏嗅觉，好比饮茶后口腔的层次感，不同的生津、回甘、后韵，只有个人才能体会。不过放心，有消息我会透露给你的。"

后来巧生没跟家里人商量就把工作辞了，他每天西装革履夹着包出门，去租住的小公寓报到，在那边对着电脑炒股。那个时期，巧生不断游说我："大底、大底，捞大底的好机会来了。"我把银行存款全取出来，买了几只他推荐的股票。结果股灾来了，我赔掉大半，巧生因为全部上了杠杆，被强行平仓了，后来他那套小公寓的半年房租是我垫付的。

巧生约我吃饭。看他嘴角都是泡，我问怎么经常喝茶还上火。他强打起精神，说："现在经常是燕京无醇啤酒与格瓦斯一比一拼，那感觉，带你飞。现在小李和我吵，要走。这次来，想问问你有什么门路能贷笔款子。有一大笔款项现在投资在某个项目里，不能拿出来用，因为这个回报惊人。"

"如果是很稳当的回报，干脆把房子抵押了。"

巧生压低了声音说："就是房子都抵了，小李闹着要把阳阳带走。"

我很惊讶："你现在到底欠多少钱？"

巧生埋下头，突然持了电话往外走，过会儿他打电话对我说："我走了，有笔业务要赶紧去处理。这次吃饭，算我请客，这个钱，你也先垫着。"

巧生彻底把自己套了进去。我很长一段时间见不到巧生，却老是接到信贷公司电话。信贷公司说，联系不上他，找其他联系人帮忙催款。要我帮忙催款的公司越来越多，逾期越来越长。有一条催款短信中说："巧生贷款逾期297天了，他是不是老赖？"

我联系巧生，他不接电话，也不回短信。催款电话多得我不胜其烦，换了号码。后来巧生多次称会处理，说目前自己处境困难，却迄今未见他表示诚意。

有一天晚上九点多，恍惚听到楼下有人一直喊我名字，我从窗户探头，是巧生，双手正作喇叭状。他眼巴巴地看我下楼，走到跟前说："都忘了你在哪层，只记得是这栋楼。"而后他向边上的出租车招手："我说嘛，哥们在这边的吧，就这么点车钱还会短你？磨叽半天。"

我叹口气，从皮夹里抽出几张钱给他。他跟着我进单元门，问："怎么电话都换了？"我瞪他："你说呢？"他避着我的眼神，闪进电梯，电梯映出他脸，脸颊凹着，嘴唇裂了，目光闪躲不定。

泡的茶是他当年存放在我家里的，我说："喝了这几年茶，觉得你以前说得对，泡茶最关键的三要素就是浓、热、满。"

"这是明朝张岱说的。"端杯喝了几口，巧生坐定，惊讶地说，"这是我的茶吗？茶汤绵滑，兰香入水，韵味悠长。"

我赞叹道："还是你能喝出好来。你这茶，我这几年都在试，它一直在变着。转眼都三年光阴了，从新茶的青涩张扬到现在的甘醇润滑。这三年，我每年都等着你过来试。"

又喝一道茶，巧生咂着嘴说："这款我记得，有早期红茶中的薄荷凉意，当年收了点，也是在你这试的啊，阿泉啊，我的茶也想我了啊。"

巧生轻叹一口气，看着茶桌说："朱泥逼温，绿泥降性，你这壶用得有点不对啊。"我连声检讨。

巧生挺了挺身："你说，我现在仍然有价值不是？只是没有使用价值。小时候我妈老叫我讨债鬼，现在我真变成讨嫌的了。"

巧生终于说出这次上门的原因，他想儿子了。他独自去小李家肯定见不着，希望我和他一起去。看我有些为难，他忙说："只是远远地在后面看，只想看儿子一眼，看这三年长成什么样子了。"

"你也知道小李这性格……"我很踌躇。

"你放心，不说话的。"巧生说。

巧生蜷起手指，比划着说："阳阳以前老这样，把手指圈在眼睛上当望远镜。以前有次我回家没赶上晚饭，他说馒头坐在锅里，等爸爸吃呢。"

我想张口安慰，可不知从何说起。巧生嗓子有些嘶哑，他说："阳阳幼儿园表现好，晚上放学老师奖励了两个萨其马，舍不得吃掉，带回家要分给我一个。"巧生又顾自笑起来，"但这小子，有时也挺坏的，苹果啃到只剩果蒂了，说这是屁股，给爸爸吃。"

"阳阳哭得不肯停，我就和他说，看看眼泪珠子是圆的还是扁的？他揩着泪水给我看看，这小子……”巧生神色黯淡，眼眶里头一点一点湿润了。

烟灰抖搂进烟灰缸，断成一截一截，巧生哽咽着继续说：“这几年在外头，每天都是一万个头绪压在胸口，想找人说话，翻开手机通讯录，每个名字都是那么疏远。”

“好，我带你去，不就走两三里路吗。”我别开脸，低声说道。

两人要出门，我妻子从卧室探身出来问：“深更半夜，你们到哪儿去？”

我们都没有作声。

街上的灯明晃晃亮着，月亮低低地悬在街头，似乎是更大的一盏街灯。巧生挥着手臂走在前头，只在某条道路尽头停留一会儿，往四处张望一眼，再继续快步走，咛咛的风声外，是我们的脚步。

前面就是小李娘家，巧生回转身，脸上浮出笑容：“哎，阳阳是在叫我，听，我真听到了。”巧生飞奔着，像在空气里飘浮着，一秒钟比一秒钟离我更远，我只得跟紧他。

小李前年带着阳阳远嫁到外地了，我知道，巧生还不知道。

茶礼

冯科到邓掌柜店里买茶叶送局长。

老周以前就很替妹妹委屈，说：“冯科这人不会来事，要我，早升局长啦。你说我妹看上你哪一点？”

冯科很赞成：“要是有姐夫这口才，不至于工作都十年了还是个科员。”

老周指着茶柜说：“听说你们局长喜欢喝茶，这春茶不是上市了吗，我说冯科你也买点送送嘛，跟领导搞好关系。邓掌柜你看，他还磨不开面，我只好把他生拽来了，你帮忙挑挑吧。”

大家都看不上老周这张嘴：“人人都领导，谁来被领导，老周，你现在不就最多管个自己，我看你在家里也是被领导吧。”

老周眯眼笑起来：“我这做小生意的……你说这既然去当官，不就是为了当更大的官吗？就说古代吧，你说七品芝麻官其实已经是县长级别了，可是人们还说芝麻官，很鄙视的样子，不就嫌小？既然准备去当官，不得当个更大的？”

旁边有人附和着：“买茶送领导，就是良好的开端啊。”

老周睐着冯科：“就他这样温吞水的，都不知道领导喜欢什么茶。”

冯科手搭在脸上：“这局长爱喝什么茶，我也直接问不到啊。”

邓掌柜悠然说道：“现在领导收茶，收的就是包装。一些领导办公室里总会看到各种豪华包装的茶叶，知道这些领导怎么操作吗？留下几盒绝对大牌的茶叶，其他的交给公司或单位的相关人员去处理，要说这些领导，如果他们自己爱喝茶，也很少喝送来的茶，自己都会有相应的渠道。我认识一位供电所所长，长期在我这拿茶，有一次我就问他，你这个所长，喝个茶，还要自己买啊？送的人估计一堆吧。他就跟我诉苦说，现在送的哪里是茶啊，都是包装啊，我又不喝包装。”

看众人朝他看来，冯科低头看着手说：“我在背后听大家说，我们局长就是喜欢齐整，比方说吃饭的时候先比划筷子，两个一定要一样长。对了，上次开会晚了，就叫了洋快餐，局长吃薯条要端详半天，几个薯条大小、长短一样，才能被一起塞进嘴里，我们在旁边看着都费劲。”

邓掌柜笑起来：“看来你们领导还有点强迫症啊，我想想看……样子匀整、大小一样的茶叶，我看就洞庭银针不错，一簇簇都是芽头，挑不出毛病。”

老周点头：“这个可以，再搞点好包装。”

邓掌柜摆摆手：“那就不必了。好的包装别人一般不拆，直接送人了。小冯，你打算怎么送局长吧。”

冯科蜷起手指，再一一掰直：“这个，这个，还没想好。”

老周忙道：“这还用问吗，要送就送家里去。”

邓掌柜想了一会，说：“这样啊，那就简化包装。密封就行，用个简单的罐子装着，到时就说是亲戚家里的茶，邮寄来尝鲜。”

老周拍下手：“这样好，这样好！你看看，冯科，就这名字，也该是个科长。”

邓掌柜抚掌笑道：“等当上局长，那就尴尬了。小冯，你说呢？”

冯科搓着手：“到时再说，再说。”

过了几日，老周推门进来的时候，茶馆几个人正听老向讲他前几天买茶的事。

老向以前也是个领导，开口都是领导腔：“是不是？对不对？懂不懂？”后来好像说是犯错误，都传是“个人作风”问题，也没人说得出个所以然，反正很早就挂了个闲职，他的业余兴趣也转到茶上。

老向在说前段时间去杭州西湖山上杨梅岭买茶，那几天群体种开始开采，是当地多年生本地种，当地人叫老茶棚。“炒好以后最后还要灰缸，这是去火的工序，每年的西湖龙井都会放置一个星期左右，干燥茶叶外，收灰提香，茶汤滋味更香醇，懂不懂？”

茶农一口咬定高价，原因是他一口标准的普通话且一副领导架势。老向解释半天不通，掏出身份证来证明，又摸出名片，茶农一看，不是浙江人，但大家都是江浙人，半个自家人嘛，茶价要了原来的三分之一。

老向笑着说："西湖龙井的价格除了有明前、雨前之分，还对应分成北京客户、上海客户、其他城市客户和本地客户价。我拿到的是本地客户价，临走时，我代表全常州市人民祝她生意兴隆，是不是？她高高兴兴地说，谢谢，谢谢！"

大伙哈哈笑，有人有感而发："说起来，我还真有一个朋友，为了能喝到正宗西湖龙井就定居杭州。日喝龙井一大杯，不辞长做余杭人啊。"

老周在旁边坐了半天，不吭声。有人上前打趣，什么心事啊？

老周开了口："还不是我那妹夫，送礼都不会送。这个没出息的，还要我来把茶叶退了。你说他怎么送礼？下班了，就候在局长小区门口，不好意思进去，连着几天，终于有一回给局长出来遛狗时看见了，我那妹夫怎么说——过来找同学的，茶叶就放在包里不敢拿出来。"

老向平日里和老周争一口气，问了众人原委，而后说："送礼也很讲究，局长好茶，不一定送茶嘛，得送的有心思，对不对？"

众人称是。老向转脸朝老周说："我有办法让你妹夫单位局长把这一斤君山银针收了，还会关照到他，你看看，到时你请大家吃一顿老酒啊。"

老周没太好声色："吃饭小事情。要是能做到，我拿一瓶存了几年的茅台。"

老向面朝众人："啧啧，大家都在这里哦，老周，你说话算话。"

一个星期后，冯科单位局长收到了一封邀请函，是市茶叶协会发出的春季绿茶品鉴大会，特邀品鉴各种名优绿茶。局长应约前往，无论过程还是结果，都令他很高兴。他获得评鉴赛的一等奖，奖品是一斤君山银针。在现场，他居然还碰到本单位的冯科。冯科上前恭喜他，因为高兴，他和平时没太注意的冯科聊了几句，知道小伙子平时爱喝茶，便说："有空到我办公室喝茶。"

老周拿出茅台，请了一顿酒，老向酒后吐真言："大家都知道本市的茶叶协会会长谁吗？哈哈，对不对？"上次在西湖山上，也是这张名片发挥了一定作用。

随后他问冯科："你们局长最近有没有关照你啊？"

冯科指肚来回摩擦着桌面："有，有。局长让我去他办公室喝茶，还顺手送了我两罐茶呢。"

老向提了提音量："你看看，你们局长送茶，这不是有了回送的借口？有的事，要妙手偶成，对不对？上次你们局长高兴，还答应赞助我们茶叶协会一笔经费，这真是两全其美。老周，你服不服？"

老周连声称服，敬了老向好几杯。老向又说："老周，你再送瓶好酒给我，我打包票，你妹夫将成为局长的座上宾，以后升迁什么的，水到渠成。"

"我还能不信吗？还是你官场有经验啊。"老周脸上堆起笑容，而后转脸对冯科说，"老头子那里不是有几瓶上世纪九十年代的好酒，还不给向会长拿来？"

冯科犯难："那可是老爸压箱底的酒……我得回去问问。"

老周怒道："你这人，就是不上趟，什么时候才能开窍？"

老向阻止他："不忙，不忙。"他又问冯科："上次听你说，你们局长是湖北人吧？"

冯科点头："荆州的，三国时那个荆州，局长喝茶时老提起这个。"

老向打包票："过几天我给你包茶叶，你们局长喝了要不说好，我反过来赔顿酒。"

老周疑惑着："局长什么好茶没喝过？你这又是什么稀世好茶，敢打这包票。"

老向打着哈哈："山人自有妙计，说了就不灵了。"

过了些日子，冯科直接上茶馆找老向，连声称谢。还带了两瓶好酒，一定让他收下。

老向笑起来："不是从家里偷拿的吧？"

冯科抻抻手指，道："关乎儿子前程问题，再好的酒也要拿出来嘛。"

老向问："你们局长是不是喝了茶很有感触？"

冯科咦了一声："是啊，我姐夫后来一直奇怪，这到底什么茶呢。最近他出去跑业务了，临走还让我过来一定问问清楚呢。"

老向笑起来："你这酒送来了，说明你这茶送的有效果了吧。"

冯科压低了声音："局长前几天说，最近有考核，要我做好准备，同事之间关系处理好一点，民意方面还是很重要的。"

老向说："这意思很明显啊，看来真要恭喜了。"

冯科抱着胳膊说："现在局里的人见了我客客气气的，还向我请教局长爱喝什么茶。我也奇怪，你上次给我的茶，我也偷偷看了，这种大叶子，看相不太好，不太符合我那局长平时的审美观啊，我还一直提心吊胆，怕出了岔子。”

老向笑起来：“要说我上次给你这茶，还不是茶，其实是一种叶子，长在湖北宜昌、荆州和重庆三峡一带，老百姓平时就喝这种大叶子，民间叫三批罐，书面语叫林檎茶。我估摸着，你们局长小时候经常喝这个，人年纪大了，会恋旧啊，送礼，送的是心思，对不对？”

“我以前的领导，老家是山东的，就喜欢干烘茶。这种干烘茶又名黄大茶，源于安徽省霍山、六安一带，其叶大，梗长，价格便宜，具有浓烈的老火香。有点像焙火较足的低等级闽北乌龙，我老领导就好这一口，我当年年纪轻轻就……是不是？不说了，不说了。”

我到邓掌柜店里买茶送礼，左右没人，他跟我闲扯起上面的事。

“换我给爱喝茶的领导，就送茶相关的东西。比方说，我从单位走的时候，同事刘伟送我三大箱农夫山泉，让我一个月念叨着，每次泡茶都要感念一番。礼轻情谊重，反之是礼重情义轻，这个冯科后来真当上科长了吗？”我说。

邓掌柜笑着：“时运不济啊，这个局长不久就调走了，冯科到现在还不是冯科长。”

有人进店里看茶，也是买来送礼的。邓掌柜笑着对我说：“现在买茶，一半以上都是送礼的。买茶的不喝，喝茶的不买。”

来人看了半天，说：“买茶没什么经验，请教邓掌柜选什么茶比较好？”

邓掌柜支着主意："看你送什么客户。亲戚朋友，就简单一点。如果托人办事，就复杂一些。如果舍得花钱，那就尽可能都去买大品牌，因为很简单，这些茶贵。花了很多钱，得让对方知道啊。像这些大品牌的，现在网上都有价格啊，都标得高高的。就是这个道理。"

来人挑了半天说："品牌茶看来看去太贵了。还有其他办法吗？"

邓掌柜建议："那就买包装高端大气上档次的，至少提着去送的时候，面子上过得去。茶叶我来帮你挑，将就一些就行。"

我凑上前去："其实你茶叶盒子也不用包装，印上什么'内供''仅内部交流'字样，保准送礼有面子。"

来人眼睛亮了："是啊，这主意好啊！"说罢便拉上邓掌柜，商量着怎么印字样。

我在旁边走了心思，琢磨着冯科那个局长吃东西挺犯难的，薯条一样长，都要拼在一起吃，那要是吃面，长短不一样，可怎生是好？

至味

李正这几年一直在找小岗茶。

有些人，喜欢某种东西一定要追求到极致。对于茶叶发烧友李正来说，茶叶一定要找核心产区的：铁观音找安溪西坪、祥华镇，武夷岩茶必三坑两涧，安化黑茶唯高马二溪，六堡茶要黑石村的，凤凰单丛只认乌岽山，正山小种自然得是桐木关，春天绿茶龙井到西湖狮峰山，碧螺春去太湖西山，黄山毛峰访徽州富溪乡……

更讲究的是再找最佳小产区。比如六

安瓜片，金寨齐山村已经是正宗瓜片产地，其中又以蝙蝠洞的品质为最佳。比如太平猴魁，最好的茶可能不在猴坑村，而是原产地凤凰尖。武夷岩茶马头岩山场，老再公和筲箕窝每年出的茶已经不在市面上流通。福鼎白茶，从磻溪荒山上采来的菜种野小白，特有的野花香味让李正一直念念不忘。

除了茶叶的产地，还要讲究茶树优质树种。龙井的西湖群体种（多年生本地种，当地人叫老茶棚），信阳毛尖的旱树品种，碧螺春的柳条茶（东西山群体种），祁红的槠叶种，开化龙顶的本地鸠坑品种，恩施雨露的原生苔子茶……核心产地、优质原料，还要加上传统工艺，才能做出品质最佳的茶。李正打了个比方，现在市面上的大多数正山小种，没有烟熏，没有过红锅工艺，需要改称武夷红茶。

有人问："传统的手工茶到底好在哪里？现在的正山小种喝喝也感觉不错啊。"

李正嘴角撇出一条弧线："丝绸的韵味和化纤的亮光你觉得一样吗？"

李正要找小岗茶，是读到安平书中对之评价——黯然销魂者，唯此茶而已，又以中国最优秀的古典小说《红楼梦》相比，气长且绵，风华绝代。

安平是当今业内闻名的普洱茶专家，小岗茶出现在他的第一本茶作中。在书中，小岗茶是和一些公认的经典普洱茶放在一起的，其他茶后来常见他人提及，来龙去脉都比较清楚，而这一款小岗茶除了安平，再没见其他人提过，现在的市场上，也再找不到这款茶。安平如今已经出了七八本书了，大部分书市面上都能找到，但这第一本引起轰动的成名作，最初的版本印量只有一千册，李正是偶然在旧书店里翻到的，奇怪的是，小岗茶的内容在这本书再版后就再没有出现。

这茶成了李正心头病，他问过很多人，答案莫衷一是。

李正专程上云南寻找答案，但中国目前的所有茶类，属普洱茶最为复杂，除了古六大茶山、新六大茶山之外，还有难以计数的各大茶山。普洱的大茶区相对容易找到，小茶区连当地人也不一定搞得清楚。循着书中安平的访茶路线，李正先到了西双版纳，通过朋友关系找到当地资深茶人赵乾坤。

赵乾坤说："这个茶，听过，没见过。前些年安平写进书以后，真还有几批人来找这个茶。但书中描述的比较含糊，只有大致的茶区，具体哪个寨子，没说清楚。反正这批人找来找去，也是一头雾水，最后都是不了了之。"

李正请赵乾坤帮忙打听打听，安平当年去茶区，都去了哪些茶农家。赵乾坤说："这边的茶今非昔比了，好家伙，安平的书一本接一本出，这边茶都值钱了。现在你去，每个茶农都号称书中的茶就是安平去他们家收的。而且，这里的茶农都喜欢相互拆墙脚，你到了这个茶农家，就只有他自己的茶好，别人家的都不行，都不是纯料，掺了其他产区的茶。普洱山头太多，百茶百味，你做这个事情，太难了。老弟啊，就算最终搞清楚了，时间、精力耗得不值当。"

李正不死心，说："既然都来一趟了，一定要去茶区看看。"

按照安平书里描述，他去的那些村寨，老乡们都很实在，又好客，桌子上凑不了几个菜，都跑去邻居家借点野味来招待。晚上大家围在火炉边，一起烤茶闲话，不分彼此，离开时，都拼命地往包里塞茶。而今李正到了村子里却大失所望，不买茶，茶农就没有好脸色，试试茶吧，人还没坐稳当，就跟你说泡的这茶值多少钱。说起安平，都熟悉，现在每年还在他这边拿茶的；说起小岗茶，必然会被告知，这个原料，就是他从几十公里外的原始森林里发现的，所以价格可低不了……

李正在茶区转了半个月，一点有价值的信息都没有发现，稀里糊涂买了不少茶。有一天他忽然醒悟过来："这个茶是安平发现的，自己现在做的事情是本末倒置，只要找这个人，难不成就找不到这款茶？"

"六度分隔"理论说，地球上所有的人，最多只要通过六个人就可以认识。李正四处打听，果然找到一个据说和安平很有交情的人。李正想买点小岗茶，那人果然说不容易办，这款茶市面上绝迹了，他手头上只有几饼，想自己留着，于是说了一个让人难以接受的价格，有着明确拒绝的意思。没想李正为了一偿多年心愿，就一口答应了。李正取回小岗茶，放在家里当了宝贝藏起来。转让之人再三交代李正，千万别和他人提起，所以身边几乎没人知道此事。

不料过了两年，再有人说起此人，实是茶叶圈中的大忽悠，专门制作陈年假茶，现在东窗事发，很多茶友都出来揭伪。李正也再联系不上这人，心里堵得慌，写了篇文章发到茶叶论坛，痛诉这些年找小岗茶的经历，在茶叶圈中引起了很大反响。

有位熟悉的茶友说："一直不知道你要找安平，我倒是真熟悉的，安平没有成名之前还一道邀着去过几趟茶山，我来帮你要小岗茶。"

安平有次有事经过江苏，茶友就带着安平去和李正见了个面。安平听说李正这些年寻访小岗茶的经历，很感触。茶友和安平说了此行来意，安平很坚持，这饼茶早就不出了。李正言语恳切："市面上没有，才给一些人行骗机会。你出饼茶，也是正本清源的机会。"

茶友在一旁卖了以前的老交情，说："来之前可是给李正打了保票的。莫非你现在成了知名专家，不认老朋友了？"

安平只得应承下来，对李正说："我回广州给你邮寄一饼，你之前为此花费颇多，这次我就不取一文，只是拿到茶饼千万不要对外展示。"李正喜不自禁，茶友也很为自豪，说起当年安平寻茶情状，正和李正如今一样，是个茶痴。

茶友圈都知道李正手上有了小岗茶。过些日子，有茶友知会李正，说："有个影响力较大的斗茶赛，听说你拿到了安平这饼茶，想邀你参加。"李正经过几番折腾，想着，茶嘛，总要拿出喝的，这次能让懂茶的人一起品饮，还能替小岗茶扬名。于是他就应允了。

安平听说李正拿茶出去比赛，连打几个电话，极力阻止。李正口头答应了，私下却按捺不住还是去参加了比赛，果不其然，这款茶得到评委们的一致肯定，获得大赛金奖。比赛完了，李正喜滋滋地告诉安平，电话那头安平沉默良久，说："什么时候有空，你到广州来，我跟你好好说说小岗茶。"

过了些日子，趁着广州茶博会，李正登门拜访安平。两人见面没聊多久，安平说："知道吗，我给你那饼茶其实不是小岗茶。"看着李正大惊的样子，安平微微笑着，一时不知从何说起："我和你讲个故事吧。"

"我有个朋友，醉心于茶，迷上茶以后，什么好茶都要收一点。上世纪九十年代，经过台湾人、香港人炒作，普洱茶'疯'了一段时间，他很投入地研究了好一段时间普洱茶。看着普洱茶的价格一路走高，他很心动，但手边没什么资金。某一天他喝到一款普洱茶，觉得是难得的好茶，问到价格就很心动，加上茶商一再怂恿，他决定花重金囤积这款茶，过段时间转掉大部分，肯定能赚一大笔。他不仅花光自己多年积蓄，还和亲戚朋友借了一大笔钱，进了好几十件茶。”

“但是等收到这批茶，他呆掉了，这款茶，其实是胡乱拼配的劣质茶，为什么当时就能喝出那样的口感，一直到现在，他也解释不清楚。1997年的时候，普洱茶市突然大滑坡，好茶都没有市场，更不要说他这样的茶。这批茶砸在手里，他一辈子翻身不得。出外躲了两年债，他终于想到个办法。那时候虽然普洱市场火过，但关于普洱茶的专业书籍很少，他凭借多年访茶喝茶经验闭门写了本品鉴绝品普洱的书——所有的资料都是真的，列举的茶品也是真的，除了他的那款茶。没几年，普洱又开始升温，而他这本有着一手实践的书，一下子被圈内当成购买普洱茶的参考标准。而他的那款茶，经过书里的宣传再加工，同样成了茶中极品，大家到处打听，但遍寻不着。”

“他心下暗喜，目的终于达到了——他这批茶如果现在套现，不仅能还掉债务，还能狠赚一笔。但和预期不一样，这时的他已经是众人瞩目的普洱茶行家了。当今只要他点评称好的普洱茶，价格能在市场翻倍，很多品牌茶叶公司都邀请他去做顾问。那批茶如果放到市场去，肯定能一下子抢完，但他的声名也会一落千丈，无法在普洱圈立足。他就封存了这批茶。”

说到这里，安平叹口气，继续说：“真真假假，鱼龙混杂，真的未必是珠，假的也不见得都是鱼目。这样一来，那款茶因为找不到，真正成了世间绝品。我说的这个朋友，你听出来了吧，就是我自己，收的那批茶，就是你一直念叨的小岗茶。现在，我不仅不能让这款茶出世，连当初写的第一本书，也要想办法回收。书是收不回来了，只能通过再版以后的改编扩写，把小岗茶的相关内容去除。对外说因为这款茶是自己发掘的茶，收进书中不合适。于是慢慢过了几年，他书越出越多，但小岗茶就此销声匿迹。”

这么多年，李正在苦苦寻觅小岗茶的时候，安平正在设法让它在世间慢慢消失。拿到的这款茶，李正现在已经知道不是小岗茶，但如果别人问起，还是得说：“小岗茶，是好，毕竟刚刚拿了金奖。”

安平带李正去他的茶仓，拉开其中一间，里面堆得满满当当。安平苦笑着说：“这全都是小岗茶，垃圾！”

故香

茶有真香，多为花草香和果香。说起花草香，有兰花香、茉莉花香、腊梅花香、栀子花香、木质香、粽叶香、桂皮香、菌香等等；说到果香，有蜜桃香、枣香、柚香、雪梨香、豆香、嫩栗香、桂圆香、梅子香等等；还有各种工艺形成的炭火香、焦糖香、松烟香、蜜香、糯香、药香以及难以说清的乳香、奶油香、脂粉香、炒米香、毫香、陈香……

喝茶品香嘛，香也有高下之分，好茶

随冲泡次数会发出层次多变的香味。

刘杰喝红茶喜欢番薯香，我很鄙视地说："这种香都是卖不上价的下品茶香。"

"咱这种不上台面的人喝这种茶正好。"刘杰自嘲说。

我心下暗暗点了一个赞，果然实话实说，面上还是堆起笑容说："个人口味，适口为珍。"

有人的地方就有江湖，喝茶的人也不例外。大家都说，没有人比老胡对香味更能说出道道来，而且讲得透彻明白。上周一起喝一道茶，大家说不来什么香，老胡闻了说："梅花香！"众人惊疑不定，老胡接着说："这是野外的梅花，香味淡，香中带有苦寒。"

我听好几个人说起老胡的传奇故事。有一次大家相约到山上喝茶，爬到山顶，准备烧水了，结果安排带茶的那位说爬山时茶丢了。大家正扫兴着，老胡说："我有茶！"用炭火烧开水，老胡接过来，稳稳注入他随身带来的紫砂壶。

旁人问："茶叶呢？"

"莫急，莫急。"老胡说。

候了好一会，老胡还是没有放茶，众人笑说，看老胡怎么变戏法。过了十分钟的样子，紫砂壶出汤，斟满几个杯子，一位小伙早渴了，拿过一杯一饮而尽，跳着说："真是茶。"众人抢过杯来，茶到口里，皆惊道"果然有茶味，还有茶香！"

周末有朋友拉着喝茶，我品一道茶，说："这有兰香味，好喝！"喝了另一道，继续赞叹道："好茶，兰之猗猗，扬扬其香！"

席间一人便开口直问我："兰科植物750个属种3.5万个品

种，你说的是哪一种？”我一愣，还有这么较真的人，哑了口。

后来参加一个茶会，企业赞助的，席间有多种好茶，我被众人推举出来讲讲品鉴感受。见老胡也在，心里打了鼓，但实在推脱不了，心想，只能化实为虚了。我站起来说：“这道古树普洱，茶气凛冽，让人想起古时边塞，北风卷地百草折，胡天八月即飞雪。这款柚花香单丛，入口爽滑，那山峡旧日风貌便是‘朝辞白帝彩云间，千里江陵一日还’。这款祁红好比四季温暖的昆明，‘春城无处不飞花，寒食东风御柳斜’。而这款陈年铁观音，喝来让人如阅厚重历史，匹之千年古都西安，‘秋风吹渭水，落叶满长安’。最后这款最为难得的三仰峰野生老枞，我看是‘相看两不厌，只有敬亭山’。”众人鼓掌。

老胡上台说的则是各种茶具体的香气和滋味，众人皆叹服。我刚抹过额头的汗，见老胡说完朝这边走来，扯了张纸忙又往额头抹去。

老胡说：“你讲得真好啊。”

我不辨虚实，忙说：“没有胡老师专业，我不会品鉴，只能避实就虚，背几句诗蒙混过关。”

老胡睁大双眼说：“我们喝茶只喝到具体的滋味，你能喝出诗意来，也是一种境界。最后那道老枞，确实是香水极佳，余韵绕舌，用我们关中话说‘瞭很’，‘相看两不厌，只有敬亭山’这句诗真是贴切得很！”

我听着话里是表扬的意思，忙谦虚一番，又说：“胡老师是西北人啊，口音一点都听不出来。”

老胡语气亲热起来：“出来好多年了，乡音已改鬓毛衰了啊，有机会多聊聊。”

老胡平日一副冷淡模样，说有空约茶，我只当是客套，没想到没几天老胡就约了我去茶馆。

茶过半巡，老胡说：“你去过全国好多地方，各个地方茶叶的香味会记得清楚吗？”

我迟疑了一会儿而后作答：“茶叶的品种香大略知道一点，现在不比从前，制作工艺改进，很多香味可以做出来。”

老胡深叹一口气：“唉，你说现在，真没人能从茶喝出出处来？”

我回答道：“那可不一定呢。我学茶的老师，福建的刘老师，喝茶几十年了，国内主要茶区都去过，可以说是一杯茶便知风土人情。前年时候，到刘老师那儿喝茶，说想喝点特别的好茶。刘老师就给泡了一壶茶，我端起杯子，喝起来没有什么味道，但是滋味醇和，又绝对不是喝白开水。闻一闻，香气只有微微的竹叶香，但实在喝不出什么好来。刘老师只是说，再喝一会儿看看。我又坐了十来分钟，心下纳闷，也喝了几年茶，这茶真喝不明白，快快起身告辞。回去路上，突然感觉舌如涌泉，嘬一下口，能回味半天。我赶紧打电话给刘老师。刘老师问我，喝明白了？我说，有点明白了！以前真不知道什么叫无味之味。”

我觑着老胡的神色，见他眼睛里明显有疑问，便说道：“我再跟你说件事，据说现在福建安溪，还经常有人提起。”

“不知道你有没有碰到过带有‘咸味’的铁观音，那是乌龙茶中的绝顶好茶。刘老师说，那茶，干茶闻起来只有隐隐约约的香气，冲泡以后，闻杯盖，也不像一般的铁观音那样，有扑鼻而来的香气。但是，关键在于它的水，其香在水，喝下去以后，满嘴都是茶香。刘老师专门去找这款铁观音，说只有在安溪县剑斗镇的一小块茶园才有，于是联系了这家茶农，来年定向收购，价格再贵也要。我问过刘老师，到底是什么‘咸味’。刘老师说，当然不会是日常食物中的‘咸’，这个‘咸’带来的，是茶汤的醇和度，口感的饱和度以及饮后喉咙的净爽感。”

“第二年，剑斗茶农送去年那款铁观音上门。刘老师试了茶，说不对啊，你这茶拼了其他铁观音吧。茶农急了，赌咒说不会。刘老师把茶叶从壶内拿出，细细闻着茶叶，拣出一半来，说，这些才是去年那款铁观音，其他不是这片茶园的，又问茶农，茶叶是不是看着收的。茶农气呼呼打电话给收茶的儿子求证。儿子电话里非常惊讶，说是想多卖一点，看那片茶园量不多，偷偷掺了边上茶园的。茶农十分惊愕，对刘老师说，以后这片茶园的茶谁也不卖，只给你了！”

老胡一直看着我，我舔一舔嘴：“茶叶香型多变，莫过于乌龙茶。刘老师常年收集各种陈年乌龙茶，他这几年，在筹建私人乌龙茶博物馆呢。”

老胡站起来问：“你什么时候再去刘老师那里？”

我顺口道：“差不多每年都会去一两趟，去之前再和你说。”

老胡定定地说：“一定要记得，有时间，我也一起去。”

我奇怪道：“有什么重要的事？”

老胡犹豫着说：“一时半会讲不清楚，到时再跟你讲。”

我一直惦记着老胡这话，过了几个月，单位有事要出差去趟广东潮州，离厦门不远，我打算去刘老师那一趟。因为老胡之前的交代，我打电话跟他说了。老胡忙说，你到家里来，我当面说。

到了老胡家，老胡郑重地从紫砂罐里拿出一把紫砂壶，壶口壶盖包得严严实实。我惊道："这是民国前的老壶，价格不菲啊。"

老胡叹道："壶再贵，有价，有的东西出价而不得啊。来，你坐好，这样吧，我先说说我母亲。"

老胡的母亲六七岁被拐卖到北方，她只记得当时是被她父亲带着上街，父亲要去店里买东西，让她呆着别动。她闻到了一种茶香，就跟着这股茶香一直往前走，和家人就这样走散了，后来被人拐骗到关中。多少年了，她记不得老家在哪里，只有那股茶香一直萦绕在心中，喝茶成了母亲的日常习惯，而老胡从小就被要求喝茶。母亲一辈子没有出过关中，因此交代儿子用功读书，以后要去南方找到一直萦绕在她心中的那味茶香。

老胡考上了心心念念的南京的大学，毕业后留在江苏工作。老胡说："后面才知道，南方概念太大，广西、江西、福建、云南都是南方。"

我呆了呆，问："时隔多年，老人家的记忆会不会有偏差呢？"

老胡正色道："母亲这一生，这味茶香是再也忘记不了。我从小就喝茶，并被要求记住茶叶各种香气，那些困难年代，母亲也总想尽办法买各种茶叶。但是惭愧啊，这么多年来，我试遍了能找到的全国各地各种茶，也尽可能地辨认各种香型，但始终没办法找到这味茶香，怎么也安心不了，想着母亲泉下哪能心安。"

我不知道怎么接口，只好叹道："想不到你喝茶，对于茶香的执着，还有这样的渊源。但伯母都已经去世了，那要怎么找呢？”

沉默半晌，老胡说：“后面几年，母亲身体越来越不行了，我托了各种关系，按照母亲描述的香味，找制香的专家配制了好几百种香，带回去让母亲细闻，终于有一种香味，让她能想起小时候闻到的味道。”于是，他把这个香封存于这把紫砂壶内。母亲去世后，这把紫砂壶就不敢打开了。这种香味到底是哪种茶，产自哪里，只能找广识名茶的行家来闻闻。听我提到刘老师，老胡说，冥冥中感觉这么多年终于等到了这样一个人。

老胡叮嘱我：“请务必交到刘老师手上。母亲活了60多年，找了50多年这茶香。我又跟着找了十多年。”

我接过茶壶，觉得好重。

我心中忐忑，推迟公事，先去厦门见了刘老师，说明前因后果。刘老师叹道：“茶叶的香气形成，原因是多方面的。茶树的生长环境，阳光，采摘时间，有意无意造成的适度萎凋，以及轻微碰撞形成的浅度发酵，都可能是香气形成的原因，凭香气判断茶源，太难了！”

事已至此，权且一试。我随刘老师到书房，他轻轻摇了紫砂壶，凝神吸一口气，拆开密封壶口壶盖，凑上去闻了一会儿，迅速盖好，再密封起来。他喃喃自语：“这味道，好熟悉！”沉思半晌，笑起来，“这是惠安的茶，一定错不了！”

我问：“为何如此肯定？”

“这是我老家惠安茶厂出的茶，而且只有那时候的茶要出口，才会那样生产。因为茶叶出口到东南亚一带，船运输要一段时间，每年五六月份都要焙这种足火的茶。这个香气，有非常重的焙火香，加上用的是家乡的松木，所以茶叶中又有特别的松木香。最紧要的是，惠安的松木香味又和别处松木不一样，只有长期生活在惠安的人，才会很熟悉这种香。抗日战争爆发后，茶厂停产了。五六十年代以后恢复生产以来，松木已经被禁止采伐了，以前的茶香味是再也找不回了。”刘老师从茶仓里找了一款茶，对我说，“这就是以前我们惠安出口的老茶，我也是机缘巧合得到的，多少年了，放在锡罐里存到现在居然没有走味，你闻闻这味道。”

茶泡开了，我捧着杯子细细嗅了好一会，又小心地拆开老胡的紫砂壶，两相对照着闻，终于说道：“确实是这味道，老胡母亲小时候的年龄，和刘老师说的茶叶生产年代也对得上。”

我打电话给老胡说了刘老师的判断，老胡在电话那头半天不说话，开口哽咽起来：“我晚上给母亲烧几炷香，告诉她是哪里出生的，找了有七十年了，可以回家看看了……”

冥冥之中都有定数。我叹道：“老胡的母亲，因为茶香被带到遥远的北方，而念念不忘这茶香，经过两代人终于又找回了故乡。不过，也是正好碰上了刘老师，才能找到这香味。”

“这样的执念，不是我，也有其他人，定能闻回这故香。”刘老师说。

森伯

现代人没有字号，但除了名字，其实代号更多。写信时用笔名，互联网时代用QQ名、论坛名、微博名、微信名。

森伯是他自己叫起的，取自清朝蒋衡写的《晚甘侯传》，开头是“晚甘侯，甘氏如荠，字森伯，闽之建溪人也”。

森伯自是爱茶，到底什么名字，以前做什么行当，他语焉不详，后来甚至不愿说起。不过，他确实“阔”过，喝茶兴时便说：“我原来中山路的晚甘侯店里，哪天晚上不是几十号人，你们说，只要喝茶有点资历的，哪个没有去过我那里？”

相熟的人应道：“就是你这天天这么多人喝茶，喝到店开不下去吧。”

森伯讪讪地笑：“做生意嘛，总有赚有亏。对了，当时我送你的九十年代的蓝印还有吧？”

那人躲闪着：“你可别惦记，现在谁还舍得喝这个。”

森伯是邓掌柜店里的常客。第一次来，森伯拿过茶杯，凑着闻：“使不得，这有口水味。”换了几个，都说不行。

邓掌柜拿过细看：“干净的啊，我保证，每个茶杯都用沸水烫过。”

森伯僵着脸：“将就不得，我最怕杯中有口水味！你这茶杯没好好洗洗，只用开水烫了杯，闻着就有口水味的。”

邓掌柜青了脸：“这么多人没意见，就你这么多事？”

森伯呆坐了半晌，始终没有碰过手头的杯子。旁边有人笑起来：“就一个收停车费的，还有这等穷讲究？”

邓掌柜背手走过来，抄过森伯身前杯子，说道：“再洗洗，贴个标签，下回给你专用了。”

森伯品茶是行家。喝喝茶，他嘿嘿笑道：“茶叶嘛，人要喝进去还要喝出来。你说这茶，采摘时候不对啊，采得太早，露水刚干那会儿采的。”

边上人撇撇嘴，估计那天采茶工人起早了。森伯认了真：“真有可能，茶季抢时间，不过茶青带水炒制，这种鲜爽度肯定不一样。”

来历不明的茶，总要拿给他看。他见多识广，也从来不自谦，张口便道：“你们看哦，这茶从干茶外形看，茶叶少毫，排除小叶种绿茶品种烘青茶；叶底没有做青痕迹，排除乌龙茶类；干茶表面没有霜灰，排除炒青茶；茶叶叶片粗松、轻浮，非云南茶种，最有可能是广西、湖南茶种。”

“我现在是理解了，那些富豪破产要死要活的，不是过不下去啊，而是维持不了原先生活水准啊。就说这茶，也是上去了，下不来。”森伯说。

旁边的人说：“那你该戒茶才对。”

森伯回应说：“戒茶？使不得，那活着还有什么劲啊。四十好几了，喝一天算一天喽。”

邓掌柜常常给他留一些好茶茶叶碎末，是整袋茶叶卖剩下的，没看相，价格便宜。他自己泡茶，随意放一些茶末到杯中，看着杯子里泛起很多泡沫，扬声说道：“这茶和酒也有相通之处，品酒很讲究酒花存在时间的长与短以及酒花大小，你看我这茶末汤花，泛起时间长、汤花大，茶的滋味出得足。”

森伯最爱喝武夷岩茶，尤喜足火，他说：“茶是五行具足，本身是木，长于土，成就于金火（乌龙茶铁锅杀青，炭火烘干），复活于水，加上传统手工，可以说是五行具足。武夷岩茶的足火工艺，其实类似道家炼丹的原理，茶叶性寒，火焙可以改性，退火后性温不伤胃。苏东坡怎么说武夷茶的？‘啜过始知真味永，味轻醍醐，香薄兰芷’，说尽了武夷茶的妙处。”

森伯对于目前市场上炒作的黑茶很是看不上，说：“这些青砖，本来就是粗茶的料，运到西藏、新疆给牧民煮牛奶喝的，它是提供维生素，有食用价值，具备品饮价值吗？”

店里喝茶的人面上对森伯都很尊重。森伯嗜茶成癖，当是重情重义之人。茶友周慎私下却觉得这样喝茶没意思，认为普通人喝茶，就是品滋味好坏。“茶叶研究是该茶科所的人干的，普通人对细微的判别很迟钝，学会鉴别不是没有可能，但要极专心还要有正确系统的训练，完成一个点的认知都要消耗极大精力。要完成所有辨别细微差异能力，我们碳基生命体的时间不允许，何必把业余时间耗在自己得不到任何回报的东西上呢？”

森伯对茶器也挺痴迷，对好的瓷器能定着神儿在那儿一直看。有人来请教怎么算作好的瓷器，他指着桌上说：“你看这盖碗，最难的是什么？有两点。一是造型，因为盖碗由三部分组成，单一部分形好，组合到一起，不一定好。尤其是盖儿与碗身，最难融合好。另外一点，就是很多人都觉得盖碗烫手，实际情况确实如此。为了不烫手，现在很多盖碗把碗口撇得很大，但影响美观。当下很多窑口无法做到小撇口又不烫手，他们还没有找到其中的奥秘。好的盖碗也不光是摆设嘛，必然要使用起来方便，才叫好器。”

“具体什么才算好茶器器形？很难说得明白。你看看书上怎么说，好线条，有弹性，有张力。弹性和张力，就很难说个明白。你到了一定层次，就能理解。就跟喝茶一样，喝过好茶就会知道，你说多好喝怎么说呢，只可意会。大多数古物是自己来看明白的，不是谁来讲明白的。普通人卖泥料，真名家卖的是手艺，是作品的气韵。”

森伯又很看不上陶器，认为陶器仍属于茶器的初级阶段，由陶发展到瓷是历史科技的巨大进步，跟瓷器相比，陶器没有烧透，如同没有烤熟的地瓜。所谓某些低温的陶器去茶汤苦涩，不是因为改善了茶汤，而是因为陶的吸水率高，这种改善是吸附作用，是以牺牲了部分茶汤的香气作为前提的。低温烧的危害，还在于铅镉重金属无法去除。

有次，考究一个青花瓶到底是不是贴花，难倒了森伯。通常青花的釉下贴花由于手绘的着力不同，颜色会出现深浅不一致，贴花的则很难做到。但这一款，看来看去，难说是贴花的，又不像是手绘的。我拍图后咨询朋友，朋友说这很可能是介于贴花和手绘之间，这种工艺是贴线条然后填色或汾水。

我将朋友的判断转告森伯，他很感谢我，拉着我说起青花的历史来，感叹现在的青花大多为通货：青花的发色、胎体和手感在明永乐、宣德等时期是非常有特点的，今天市场逐利，瓷器市场也是乱象丛生，越做越薄，甚至有的比玻璃器皿还要薄。

我也很赞同，说起老瓷器，都会有一个共同的特点，注重“韵味”。看看老器具，造型实用美观，釉色清馨肥润，胎体厚而不笨，发色陈而不飘。永乐时期还刻意模仿一些阿拉伯的民族纹饰绘画在碗、压手杯上面，可见古人对器物承载的文化用情之深。反观今天，茶具真变成了“具”，只有实用价值，审美价值大打折扣了。

周慎一边犯着嘀咕：“你们讨论这个，有什么意思？”

我摇摇头，这一半人的乐趣，另一半人怎么会懂？

这一天，周慎拿来一把紫砂壶，说是从爷爷家翻出来的，估计有年头了。看了是老货，我忙打电话给森伯，让他早点来。森伯提早下了班，到店里也已经晚上八点了，见着壶，把在手上前前后后地瞧，眼里闪着平日不见的光彩，许久才出声：“这把壶，难得啊，今天借它来泡茶，你们跟我走。”

我和周慎跟着森伯，三人叫了辆出租车，停在了城东别墅区。门卫要登记，森伯掏出手机，来回搜了好一串号码，终于找着了，拨过去，声音高了："小孙，我到你家门口了。那茶还在吧，拿出来吧。"

过了好一会儿，有个30多岁的光头男人走到门岗，笑的声音比谁都高："姜老板，都到家门口了，叫你进来坐坐又不肯！这茶都存我这儿好几年了，一直放在锡罐里头，怎么今天想动？"

森伯接过小孙递过来的罐子，看着我手上捧着的紫砂壶，小孙睁大双眼，说："在我这试茶吧。"

"你这没泡茶的人。"森伯摇头说道。

小孙迟疑道："还找阿霞？"

森伯点点头，走过一旁，一手拿着手机附在耳边，另一只手边上掩着，说了一会儿。森伯示意现在就去，小孙着急地说："带上我啊，不，我开车带你们。这清朝的紫砂壶配你这陈年好茶，再怎么样我也得去蹭几口。你说巧不巧，我前些天开车经过杭州，特意从中天竺接了两桶水回来，好像就等着你们今天来。"

小孙开的是奔驰，让森伯坐到了副驾驶座位。突然小孙说："哎呀，差点忘了，我最近收了两块亚犀，刚才应该让你瞧瞧真假。"森伯摆摆手，这些东西是你们这样的老板玩的，我这几年没碰，眼力浅了。

"姜老板，你永远都是我老板！想当年，那些个核桃、沉香、葫芦、玉石、老墨，都是跟着你学的。你要是当年听我话，唉……货哪有都真的，你们说是不是？"小孙说。

森伯叹道："使不得，都是些败家玩意。幸亏我那店垮了，不然哪有现在的你。"

众人一时无话，一会儿森伯闷闷说道："这上门要带点东西吧？”

小孙眼睛飘过来：“老板，这些年，你也总算懂点人情啦。”路上看见水果店，小孙靠边停下来，一会儿拎了一篮水果上车。

车直接开进小区里面，停在一栋大概上世纪九十年代盖的六层楼房旁边。森伯拎着腿下车，自怨自艾道：“年纪大了，坐会儿车，腿就麻。”他手拎起水果，交代我们在楼下先等着。他朝前走了几步又退回来借路灯对着车窗看，他捋捋头发，又偏过来向自己半侧面瞟了几眼，再回转身提起步子上前，迈着楼梯一步一步上去。

我们三人站在车前相互让了烟。半根烟时间小孙手机响了，他接过电话，“嗯”了一声，向楼上走去，回转身向我们做了一个招手的动作。

周慎捧着紫砂壶，我双手抱着一桶水跟着上楼。三楼有门开着，森伯门口招呼，引几人到客厅坐下。一个四十出头的妇人从厨房里端着茶具出来，在茶几上摆放好，向着小孙说：“你也好几年没见着。”

小孙大声笑起来：“这几年，我可是天天想念你泡的茶。你也是吧，老板。”小孙转脸看去，森伯正望着墙角。

几人干坐着，只听到炉子丝丝烧水声。水开了，森伯起身去拎。妇人开始从锡罐中取茶，投茶，轻晃摇香，手腕之力来回似画弧线；而后注水、洗茶、分茶，动作一丝不苟而行云流水。

周慎耐不住，问道：“可以喝了吧？”

妇人含笑颔首，周慎长喝一口，咂着嘴，喊道：“好茶！”

旁边的小孙眯着眼，赞道：“真是说不出的好喝。”

我也由衷赞道：“茶汤茶水相融，香气馥郁沉稳，汤感饱满醇厚，韵味深长，真是好茶！”

周慎一旁若有所悟道：“我喝了这茶，就想起小时候，在乡下踩草堆的时候，要压紧，我们小孩子被喊着上去踩草，我们就在草垛上跳呀，跳呀……感觉那是我一生中最快乐的时候。”

只有森伯无话，俯身只顾喝茶。茶过三巡，森伯问起：“喝好了吗？”几人都道，从来没喝到这么好的茶，还想多喝几杯。

“走吧！”森伯起身，向着那妇人说，“走了。”

那妇人抬头看一眼，也说：“走了。”

于是几人跟着出门下楼，相互作别。森伯把紫砂壶端给周慎，交代小心收着，这物件留到现在不易。周慎推说：“再多用几次吧。”

森伯道：“够了，再多使不得。兴尽而归，人生快事。”

随即他把那罐茶叶推给小孙：“你收着吧。”

“我放着，等你想喝的时候来。”小孙说。

森伯意味索然地笑笑：“不会去了，归你了。”

周慎咂咂嘴：“那茶真好喝，我有点理解你们为何这么痴迷茶叶了。”

我笑道：“不仅仅是茶好，不仅仅是壶好，要加上刚才那位泡茶师，才能有这样的茶味吧。哪一行的工作都不简单，茶艺师多数是形式上的，会泡茶的不多。要会泡茶，需要了解茶性，这已经超出一般茶艺师的能力范畴了。”

周慎禁不住问森伯：“那女的，以前认识？”

“这就是我以前的房子啊，嗯，都是以前的了。”森伯顿了顿说，“跟了我这样的人，日子过得结巴，是不是，也不能耽误人家啊……但这样的好壶，这样的好茶，要出最好的味道，还是得她来泡。口不能言，心下快活自省，这茶味，以后怕是碰不着了……”

捡漏

我最近总上一个茶叶论坛晃悠。这是刘老师业余做的网站，没有商业开发，论坛上多是纯粹的茶友。刘老师周末闲时会发几个捡漏帖，把茶室里一些杂茶以便宜的价格转让出去。论坛园友按照跟帖先后，先到先得。所以每到周末，很多茶友就蹲守论坛，时时刷新网页。

每次捡到“漏”，我心情能晴朗好几天。但说到捡漏，我当然比不过老同学钩子。

钩子喝茶不太爱花钱，能蹭就蹭，先是蹭茶叶店。根据江湖传闻，谁谁谁喝茶很厉害，能喝出来好坏优劣，茶叶店老板见到这人就会拿出更贵更好的茶叶来招待。市面上茶叶店不少，但柜上一般都是市场通货，真正的好茶老板也舍不得拿出来。

钩子走进茶叶店，先背了一通审评茶的术语。别人觉得他懂茶，尽量伺候着。喝了几次，老板就知道这位不是买茶的主，也不出面接待了，吩咐着："等钩子来了，干脆给他上最差的茶叶，看他还来不来。"钩子回头就骂，你们这么差的茶叶还给客人喝？他只得再换一家，等快喝遍全城，还是没有碰到传说中的茶叶店老板。

茶博会是最好的免费喝茶机会，可惜这每年只有一两次，有时候他也去邻近的南京、杭州茶博会，算算路费，不算亏着。原来他也踊跃参加茶友之间组织的茶会，这种小众聚会，大家拿出来的都是珍藏好茶，钩子蹭了几次，也没人愿意带他了。

网店红火起来，柳暗花明中钩子发现了一村又一村。

钩子毕竟也算个老茶客，和客服聊上两句，不管亲不亲的，先主动给对方上几分钟专业茶叶课。别人那边一看，啊呀，是个专家啊，于是恭恭敬敬地称呼老师。钩子老师说："你们的茶样，我试试，不要给我差的。"人家问，要哪种？钩子老师说："你们店里好的，看着给吧。"茶样收到，深藏身与名。亲们只怪钩子老师喝了茶样看不上，也暗叹在茫茫网海中曾经遇到过真神一座。

钩子当然也常跑来蹭我的茶，不然算什么好同学（钩子原话）。钩子说："阿泉，我看你朋友圈又在晒茶了，我知道你是在勾引我，我什么都能拒绝，除了茶的诱惑。你的茶让我鉴定下，我一喝就喝出来好歹。”这倒是实话，蹭过上百家网店的茶样，能喝不出点名堂吗？

钩子也会买点茶，他买什么茶呢？都是些名山大寨，比方说普洱，他都是老班章、昔归、冰岛什么的黄片；武夷岩茶，也选的是牛栏坑、马头岩的茶片。他不无得意地说：“我的茶，都是好几千、上万一斤的顶级茶啊，无非叶子老一点。”

“我就服你这种，喜欢啪啪啪把自己脸打肿。”我说。

“我不反对你有言论自由的权利，但不是这样就可以把话说得这么直白！”

前些天，钩子提着不知从哪里搞来的茶样上门来，我忍不住嘚瑟一回，泡了壶好茶。钩子嚷道：“陈年好茶啊，你倒是舍得下手。”看我家领导在厨房忙活，他压低着声音问我什么价钱？

在论坛抢了几次刘老师的好茶，我本来不想告诉别人，但最终还是决定告诉钩子。结果他听了价格之后，脖子伸直，瞪大眼睛，说：“什么，什么，这么便宜？”

我笑而不言。钩子声音高了：“你说哪一次，喝到好的茶样，我不拿给你喝？”

我不是想炫耀的，而是不小心从书柜上翻出一纸箱茶来：“看，这些都是刚泡给你的陈年乌龙。”

钩子眼里喷出火来：“你这天杀的，你这有这么多陈年老茶，这等好事都背着我。”

于是钩子也开始上刘老师的茶叶论坛，比我还要勤快。到了周末，看见刘老师发帖，我没有抢到茶，钩子就电话过来埋怨："阿泉，你怎么这么慢，有钱买茶，没钱加网速吗？"后来他甚至在论坛内进行实时监控，并在微信上给我直播"刘老师出现了""刘老师发帖了""第三款茶推出了"……

我心中暗惊，这下抢的什么好茶都给这家伙知道了。于是说："你这么起劲，自己抢点茶，也能分享一点给我。"钩子嘿嘿一笑："我看得比抢更过瘾。"

我曾经问过刘老师，怎么会以低于市场价格不少出这些好茶。刘老师说："这些都是以前机缘巧合收到的茶，当时价格并不贵，在自己茶仓里一放多年。拿一点出来分享，是想让更多人知道陈年老茶是什么味道。为什么要大家'抢茶'呢？因为抢来的才会比较珍惜。"

这天钩子到家里，我说给他听，钩子更加理直气壮："你看啊，刘老师的原意，就是想让我这样喜欢好茶的人也能分享到。"

"我是在刘老师那儿捡漏，你是在我这儿捡漏啊。"

钩子叹口气说："我们家情况你也知道。本来就是个工薪族，你嫂子非要孩子上外国语学校，每年多花两万块，说句不怕你笑的话，我的工资卡从来都不在我身上。你以为我喜欢这么抠门？你想想当年刚毕业那会，出去吃饭谁请的多？"刚毕业那会儿一起去大排档，吃完饭钩子总是意气风发地摸出皮夹，问我，你付还是我付？我呆了一会儿，说："我来。"

"谁不喜欢排场大大的，钱这个东西是害人精啊，搞得我小半辈子没抬起过头来，还是小时候好啊，那时候大家都穷，但是人和人之间没有距离。"钩子又说。

钩子这两句话说的是实情，谁叫我买茶叶很舍得，又讲点同学义气呢。看钩子这么正经地说话，心中很感慨，于是说："茶变来变去，无非是叶子嘛。我也知道，你是真心喜欢茶，就冲着这个真喜欢，只要你来，我的茶叶你随便喝。"

大家感动着，钩子擦了擦眼角，又生怕我看到，于是背着手上下巡视。他看着茶台说："这个珊瑚红留白兰草配诗文盖碗，倒是好看的。"

"拿去拿去。"

"这几个珊瑚红杯子是配的吧，也不错。"

"拿去拿去。"

钩子眼睛收了回来："你这茶台是黄花梨的吧。"

"拿去拿去，一个人拿不动吧，要不我找两个人一起搬你家去？"

钩子愕然望过来，看我古怪的表情，醒悟了，骂道："我还真以为你这么大方呢。"

我大声笑道："你看我这边好多物件，其实真没什么值钱的。"

钩子神神秘秘起来，凑近说："我告诉你个事，你不要和别人说啊。我有个宝贝呢。"

"说说看。"

"你看看你这儿，好几把紫砂壶，比不过我这个壶，可是有几十年了。"

我问他："哪里来的？"

钩子说："我舅舅不是宜兴丁山的嘛，那时候他拿过来的。"丁山就是丁蜀，宜兴紫砂壶出自那边。

钩子说着掏出手机，一边翻着照片，一边说："一直想给你看，但想着财不外露的古训，所以没有吱声。"

他终于翻出照片，我盯着手机看了一会儿："这不是海寿星吗？"

钩子兴奋地喊："是啊，好像听家里老人说起过这名字，怎么样，值多少钱？你这么多壶，加起来没有我的一个大。这么大，要用不少泥料吧。"

我哈哈笑起来："这个是五六十年代宜兴生产的厂壶，小时候经常见啊，因为容量大，常常被家里大人灌满开水，丢点粗茶片子，拎着扔在农田边上，可以喝一整天。这个是大路货。"

钩子明显很失望："那值多少钱呢？"

我正经地说："嗯，留着给你孙辈看看，等他老了，或许值点钱。"

"呸！亏我藏在老家，还怕人偷了去。"他颓然坐下，看到茶桌上的香炉，随口问道，"这上了年代的香炉，会值点钱吧？"

"这东西你哪儿见到过？"

钩子嘿嘿笑起来："我老家里就有啊。这可真是个老物件。说起来，还是集体公社时期，那时候经常号召大家义务劳动，当年挖塘马水库，我父亲收工时带回来一个香炉。父亲对母亲说，挖土挖到的，我看这东西还能派点用场。母亲信佛的，欢欢喜喜接过来，说用老物件给菩萨上香，会灵的。"

钩子自懂事开始，老盯着放在橱柜最上格的这个香炉看，因为边上就是贡品啊，大人说，要给菩萨供上一段时间才能吃。有一天，他终于按捺不住偷吃了苹果，然后也顺便瞧了瞧那香炉。"就像古鼎的样子，三只脚，上面都有字，他记得有一个写着：体均五行去百疾什么的。"他说着笑起来，"当时我把几个苹果都啃了一面，然后摆向朝菩萨那边，结果招来很多蚂蚁才被大人发现。母亲逼问我，我始终不肯招认，说是菩萨吃的。"

钩子笑得前俯后仰。我走过来拉住他，声音发着颤："你确定那几个字是体均五行去百疾？"我两眼放光，不待钩子回答，又问："香炉三个脚是不是每个都是七个字？还有另外两个应该是'坎上巽下离于中''圣唐灭胡明年铸'，你想想看，香炉另外两只脚是不是写着这样的字？"

钩子呆了呆，想了想，回答说："应该是，你说这些字，感觉熟悉的。"

我急了，拿起手机上网搜照片，然后拿给钩子看。钩子跳起来喊道："就是它！"

我叫道："这是唐朝的香炉啊，陆羽的《茶经》里提到过的，可是一个大宝贝！"

钩子身体发抖，问我："值多少钱？"

我用手捶着钩子："发大财啦！价值连城！无价之宝啊！"

两人埋头查了下相关文物的目前市场成交价，都吓了一跳，那价格，不要说在我们这个城市了，去上海、北京买一套大房子都绰绰有余。要说，这个宝贝出土在上世纪六十年代，那时谁会仿造？必定是真货无疑。

钩子先是站起来，兴奋得满脸放光，突然间他跌坐在沙发上，头上一直冒汗，脸色慢慢发白。过了好一会儿，他终于开口说话："几年前母亲去世的时候，我回老家看到这香炉，想想母亲一辈子供了这香炉几十年，却没过上几天好日子。更不用说我高考失手，后面工作、婚姻俱不如意。那时我突然对这香炉无比愤恨，想着摔还摔不破，特意找了把铁榔头，把香炉敲变形，远远扔了。"

我在客厅来回转了半天，定定神，把手搭在钩子肩上对他说："该不着的就该不着啊，你就当看过瘾了吧。"

老余

杭州老余，大家都这么顺着叫。杭州茶友这么多，能把城市名和人名连在一起，说明众多茶友对老余的认可。这个感觉好似“常山赵子龙”。老余喝茶多年，漫游各地茶山，遍试各地名茶，灌水各大茶坛，人脉颇广，为人慷慨大方。茶友来杭多有照顾之处，颇有古人义薄云天之风，若在古代足可以大侠称之。

经常泡茶叶论坛的朋友，或许还能再列出几位，广州阿水、北京野马、庐山老魏、南宁悠远……因为地域特色及个人爱好，每人擅长的茶品、茶种不太一样。广州阿水对凤凰单丛非常有研究；庐山老魏是国内知名茶叶论坛的绿茶品类版主，每年组织审评全国名优绿茶；南宁悠远是六堡茶的收藏大咖，要是想找来路正的陈年农家六堡茶，找他准没错；北京野马是瓷器鉴赏专家，因着地利，有着经常去潘家园练出的好眼力。这些人都是业余爱好者，纯粹是喜欢，和茶商没有经济利益往来，他们认可的茶品，在圈内为大家所推崇。

至于老余，他是普洱专家。临沧茶区还没有被发掘时他就是东半山的藏家，后来他开始迷恋布朗山系，这几年，专攻易武茶。熟悉普洱的人知道，普洱茶区比较复杂，虽然早已是六大名山，但易武寨子细分起来有刮风寨、丁家寨、麻黑、落水洞、曼撒、弯弓、三合社、曼秀、易比等小茶区。近年这里的茶价因国有林的概念炒作而飞涨，更多小寨子独立出来，比如薄荷塘、同庆河、白茶园、百花潭……

老余说起易武茶，常有惊人之语："当年弯弓的味道，有桂花香和糯糯的汤水味，现在是难喝到，因为古树茶纯料不纯了，虽然没有后期补种的小树，但是有茶果掉落生长出来的小树，所以茶质单薄了。几年前曾经在易武茶中喝到过松子味，以前只听说顶级曼松有松子味，那批易武茶是阴干（太阳晒干）一个月的，才会有这种味道。"他说得神乎其神，让人半信半疑，但大家都公认，他手里的易武茶还是比较靠谱的。

老余一直从事的是IT行业，曾经去过广州好几年，广州是国内普洱茶最大的集散地。老余在广州开始收藏普洱茶，至今还有一些放在朋友的茶仓里，"试一下陈化效果"。当年老余是奔着对象去的，五六年后女友留在广州，他带着一大批普洱茶回了杭州。他的茶除了放在广东仓，还有云南仓、西北仓，至于杭州呢，相对四季分明，属于自然仓。

问起某个茶，老余说：“哎，不错，当年拿少了，只进了两提。”现在，常有人问老余有多少茶，他说：“都四散在各地，也没好好算过，估计不到两吨吧。”

大家啧啧称赞道：“余壕，余壕。”

老余建了一个“江浙沪普洱茶友群”，我也被朋友拉了进去，也就认识了老余。后来我去杭州工作过一段时间，和他喝过几次茶。

有一次景德镇做瓷器的朋友来杭约见，饭后老余主泡老曼娥，他一再推荐“这个茶，不错，不错”。在座几人喝得苦不堪言，老余却兴致很高：“老曼娥其实还有一种，是甜茶，不苦的。”还非要让大家去他家对比着喝一下。

一行几人晃晃悠悠去到老余家，准备烧水喝茶。老余正读小学三年级的儿子凑上前汇报：“今天我们班选小组长，有三个人选我。”

“不错噶。我看就这十岁年纪的，全国最有眼光的人也没几个，居然有三个和你同班！”说话间他从兜里拿出100元钱，“来，拿去，明天去请肯德基！”

或许因此心情大好，老余让我们喝罢老曼娥甜茶，又给我们每人派了一个刮风寨陀茶，说：“吃吃看，这个可以对照做做易武茶样本。”我心下暗自高兴，值了，这可是好几千一斤的刮风寨啊！

老余挺能折腾，换句书面语说，富有实验精神。把普洱放在各地做陈化实验不说，后面就起了新念头：先云南仓放二年，换广东仓，再拿回来杭州试试。好家伙，折腾的都是快递费！后来他还用易武茶青试制白茶，又自己收了一批古树茶原料，让朋友小池渥堆发酵一批熟茶，最近又开始研究制作茶膏，就差没有去包个茶山种茶了。

老余的茶款哪来的？股票收益贡献了好多，老余每年年末研究各家上市公司年报，看上大半个月，最后选上两三只优质股票。买了不动，到理想价位就抛掉，也不贪心，每年至少有百分之二三十收益，比较稳。

但老余的性格可不稳当，性子直，说话也急，如果有不同意见，他始终不会妥协。他自有自己的一番道理。

有时别人会质疑他品茶的态度："老余，这茶喝了一两口你就说不好？"

"我来问你，你拿个遥控器选电视频道，瞄过去某个节目就讲两句话，有那么两三个表情，你就能看出这个节目好不好看了。我再问你，一个练习武术的人，随便那么一站，一个定势，一个站姿，你就很容易感受到这人是不是练家子。是不是这个道理？"老余反驳道。

现实生活中，老余多少还顾忌点别人的面子，在论坛里按照他的性子越说越开，被大家称作"毒舌"。老余戏言，一时冲动变成一直冲动，刹不住了。

老余常年跑茶区，和一些茶农关系也熟了，知根知底。在论坛里，他先是和某家理论派茶商怼上了。

老余对茶商说："其他茶商用产品坑人，而你们是用产品和自创谬论双坑。"茶商反击老余是同行，不一定收了哪家红包。

老余回帖说道："你们创作自由，谁也管不了。但分明是当面卖不掉的老茶、陈茶，现在被你们吹上了天。若经验不足且手中资金丰裕的茶友去这家茶企寻茶，很可能被忽悠。”

论坛里某家茶企喜欢玩角色扮演，公司的几个人，一人提问某某茶企（自家茶企）如何如何，另外几人凑上去跟帖回答，以此达到自我宣传之目的。老余实在看不下去，说：“我要cèi丫的！”这词是北京方言，是他从北京野马那边学来的，野马看到作假厉害、要价离谱的瓷器，就会来这么一句。

老余调侃加戏谑：“提醒一句，土豪们，你们喝的头采绿茶都是机器制的，机器一般一年只开一个月，其他时间都要抹上机油防锈，来年三月擦擦干净再用，这第一批茶一般有机油味。”

那家茶企看到这条帖子后，轮番用不同的名字围攻他。老余出离愤怒：“你们的思维范畴中除了市场，有没有诸如真伪、义理等一些一文不值的东西？”老余的专业理论知识让对方相形见绌，他在论战中胜出，最后还不忘调侃对方一番，“考虑你在群内属于弱势群体，为了自尊时不时还要啪啪啪把自己脸打肿，我不会和你太计较。”

自此老余成为茶叶论坛神人，收获了一批粉丝，但老余缺乏当网红的经验，说话仍旧不管不顾。看到只爱性价比高的茶，他的回复是，“你热爱台地茶完全可以，不过你没资格鄙视山头纯料茶”。有的话则是直接得罪人了，比如他看不上那些喝茶没什么经验却夸夸其谈的，评论道：“噶弄不灵清，一瓶子不满水晃荡晃荡的人蛮多，但你还算不上，你目前属于瓶底族。”

老余为何喜欢跟人辩论？他想了下，说：“可能平时比较闷，工作对着电脑，业余对着茶桌，所以到了论坛角色有了反差。”他在跟人们做激烈的争执时，经常会猜测他们的反应，想象他们下一句台词，窥测各色人的心理状态。他觉得比较有意思，“看看别人争吵下的反应，才是最见性情的，会想到他平时是个什么样的人。”

善游者溺，老余也在网上栽了。

老余每年都会进一批易武茶，他的进价跟市场价比有优势，又有稳定可靠的来源，所以群里面每年都有好些茶友委托他一起进货。好几年了，大家都很满意，老余也持续享受被夸奖的愉悦感。

去年春天，有个叫“巴非特”的茶友要老余捎上他。茶叶发来以后，“巴非特”却在群里面闹腾开了，两个方面：第一他觉得这批茶质量不好，没有老余之前拿出来喝的好，说是因为之前喝得好才决定买的；第二他觉得价格有问题，根据他的第一手茶农资源，了解今年在云南收到的这款茶毛料价格，对比算下来，老余这边价格至少多花了百分之二三十的资金。

“今年茶叶收茶时连着下雨，又赶着压制，茶叶质量确实没法和往年比。但跟以往的茶确实是同一款茶，我只能保证来源没问题，但茶不是我做的啊。说到价格问题，其实也很正常，茶农跟你关系再好，总要挣点钱吧，不可能他收了茶叶鲜叶什么价，就卖你什么价，他图什么呢？”老余解释说，“确实原料之外加了点价格，但这也纯粹是友情价啊，春茶时候我去云南呆了几天，来回路费、伙食费、茶叶快递费、给茶农送点礼维护关系什么的，大家都匀一点也是很正常的啊。”

如果“巴非特”私下里跟老余协商，按照老余的性子，说不准他原款奉还，不再啰嗦，这茶叶就自己拿了。但“巴非特”在群里这么一吆喝，驳了他面子，他说话就不好听起来，“你不要忘了，可是你求着我帮你买的。”

“巴非特”把自己当成了群众代言人：“用我们的钱做关系人情，你可真做得出来啊。你在网上搞得自己像个斗士，一清二白的，就代买点茶现在还来赚我们的钱，亏得平时大家还这么信任你。不是说你自己炒股票，每年赚不少啊。”

老余气极了：“就算我挣了点钱，我也不用贴补你，对不对？”

“巴非特”一直喋喋不休，老余不耐烦了，行使群主权利，直接把他踢出群。

之后，“巴非特”转移战场，在知名茶叶论坛直接发帖，主题开门见山——杭州老余：普洱茶界的败类？“巴非特”从他的角度（一个普洱新兵）讲述了“被骗”经历，把许多不确切的事实贴到老余身上。而几个原本对老余不满的茶商，成了这个事件的助燃剂。论坛炸开了锅，群情激奋声讨老余。尽管我和几个茶友跟了几次帖，想厘清具体状况，但更多的茶友把被骗的经历都加诸老余身上，众人义愤填膺对他进行清算。

老余依然我行我素地发声：“还是福尔摩斯说得好：笨蛋虽笨，总有更笨的笨蛋为他喝彩。”此言一出，众人更是不依不饶，更有甚者居然人肉到了老余的工作单位、联系电话，于是老余常常受到不明来电的骚扰和谩骂。

水搅浑了，怎么都清不了。老余知道，再怎么辩论也没用，于是乎隐身远遁，不再上论坛。他偶尔在群内发言，也只是谈谈最近喝了什么茶，股票如何。

今年5月，我到杭州，老余做东，叫上一大帮茶友吃饭。

在饭桌前，我对他说：“一个人的胃口和一个人的性格有关系，太固执的人总是喜欢吃他认准的几样。心胸宽广的人，相应的食域也更宽广。”

老余没听进去，自顾自说道：“我思考了风鱼（福建名菜）的千差万别，终于相信了白茶的技术，怎么晾和晒，都是很微妙的东西。”

饭后喝茶，不知道谁带来的小白茶友，每喝一道茶就脖颈出汗，便大呼：“好茶，茶气足！”

“六二（杭州话，呆子的意思），噶弄不灵清，什么茶气足，分明是你阳气虚！嗯，自我催眠做得不错，赞一个。”

江山固移，本性难改嘛，老余还是老余！

微商

大学毕业那会儿我工作没着落，四处到同学处晃荡。

晃到张家港，钱弦带着我在文化宫打了一夜游戏。早上我们从文化宫出来，在边上的小餐馆吃了碗咸泡饭，这味道让我至今念念不忘。钱弦眯着红眼睛说：“你小舅舅家不是在茶场吗，弄点过来让我爸帮你销销。”钱弦父亲是当地一所中学的校长，人脉挺广。

我回去后，寄了十斤茶叶给钱弦，好

几个月没回款，舅舅让我催催。我打电话支吾好半天，终于说起茶款，没过几天，银行卡上到账了。这是我人生第一勺金——2000元钱。

开个茶叶微店，是我妻子提出来的："你每年茶叶开支太大（严重超支），开个微店可以以茶养茶，取点茶资。你买茶、喝茶也好多年了，茶叶有现成的一手渠道，很多亲戚朋友要买茶时都要帮忙代购。微店不是实体店，没有什么成本，而且你身边就有现成的'客户资源'，一大群喜欢喝茶的人常有聚会。"我也打起了小算盘，以前茶款支出总是很拧巴，借此机会，我可以进一批早就有计划购入的好茶。

说做就做。当然，我不能和那些刷朋友圈的微商一样，每天发好几条朋友圈，这挺烦人。我要做一名雅商，顺便传播下茶文化嘛。我在朋友圈发布自己开店的消息，茶友们都点赞，并留言表示支持。这使我信心大增，之后我精选了百来斤茶叶，还购进一批不锈钢茶桶用以储存。

前思后想，我定下微店名字——清和私坊茶。每一款茶，我都进行再三比对，精筛细选而来，慢工细作而出。且我给每项茶品起了很雅致的名字，冷凝柔、碧丹醇、梅口红、草幽兰……然后谈好了快递公司合作，连快递发出去后给客户的短信都编好了：【清和私坊茶社】君定佳茗已有期，快递风雨送来急；心宽意静二三日，自有茶香可扑鼻。

开店当然要宣传宣传，在大家的一致建议下，我从众做了一次活动。只要在朋友圈转发清和私坊茶社的开业宣传微信且集赞超过30个的，就能免费获得一份茶叶品鉴装。活动效果好得出乎意料——准备了100份，结果发出去不止300份。

白送这么多茶叶，再加快递费，我只能把牙齿吞进肚子，对妻子解释说："鱼上钩总要撒点鱼饵吧。"

"你就不能只限50份，先到先得吗？"妻子生气地说。

茶叶发出后，果然反响良好。收到品鉴装的茶友都说满意，以后有需要一定会考虑。我心潮澎湃等了一个礼拜，只有两个熟人前来询价，但这两人买茶的事情也没下文。我又在自己朋友圈子中询问是否有人需要茶叶，总算有几个人捧了场。顾客过来拿茶，我说："都是老熟人、老朋友了，给的都是进货价。"顾客"哦"了一声，露出不可意会的笑容。我着急了，"我这真的，没好意思多收钱"。

"好了，好了，知道了，你没赚钱，你纯粹是大自然茶叶的搬运工。"那人说。

老同事刘金才，现在在外市工作，跟我订了一批茶要送人。我想了想，多少年关系了，就实价吧，让他出快递费就好。没想到他收到茶叶后，竟然打电话来吼我："你说我大老远的，特意支持你，快递都要我到付，这也太说不过去了。"我辩解不来，也很窝火。

妻子了解此事后对我说："你也是的，把快递费加到茶叶里头，大家不就都省事了嘛。"

"这最后不是一样这么多钱吗？"

"你就是不会做生意啊，你付邮费和人家付邮费，心理感觉就不一样啊。你去肉铺上看，那些会做生意的，临了案板上总要搭上一小块肥肉做'搭头'，让你感觉占了便宜，这是一样的理啊。"

我摇摇头，无奈地说："看来我是不会做生意。算了，等进的这批茶叶卖得差不多，我就收手"。

同事、同学都有微信群，刚组建时每天都很热闹，现在却沉寂如水。我在群里招呼："大家有需要茶叶的找我啊。"忽然有人冒泡，说："有广告，先发个红包！" 我只得循众，红包不到十秒就被领光，还算好，几个感谢表情跟了出来。

后来妻子嫌茶叶堆着占地方，催促我尽快处理掉。我心下发慌，决定主动拓展客户。没有市场得培育市场啊。这天，跟同事小殷闲聊着，我主动把话题引到了茶叶。

小殷一个劲感叹："你买那么多茶叶干吗？喝来喝去，还不是水，还那么贵！喝完就剩一堆烂叶子，太不划算了！"

我说："买点好茶，是为了喝得舒心，享受人生啊。一泡茶叶算5克，一斤茶可以喝100次，茶叶一回冲泡5次，每泡喝5分钟，一斤茶最少能喝2500分钟，算算啊，接近42个小时。买一斤茶，可以享受到超过40个小时的愉悦心情和自在状态，划算啊。"

小殷笑笑，说："嗯呐，昨天吧，我带着女朋友散步，路过一家茶叶店。她停下来说，真香啊！我就很绅士地说，如果你喜欢，我们再从茶馆门前走一次。哈哈哈，笑话，说个笑话啊。按照你的说法，我也想要愉快心情啊，但是我一看你这茶叶价格，我摸摸口袋很难愉快啊。以后送礼再说吧。"

我觉得自己卖的茶叶和市场价比真不算高，何况这都是凭着自己多年喝茶经验精挑细选而来的茶叶。我合计着，我的茶应该去找小众市场，找到那些真正喜欢喝茶、懂茶的人。大众市场更注重性价比，只会拿大众化的茶叶价格来对比。比方说我拿的明前西湖龙井，是以前到西湖翁家山寻访认识的茶农资源，几百块一斤怎么买得到呢。

于是我到茶叶论坛发帖，很快几个茶友站内联系了我，审讯式地详问这个茶叶具体来源、工艺标准、品鉴感受以及储存问题，后面还是无人购买。我向茶商朋友求经，他们说：“那些资深的茶友都买成精了，哪个没有自己的进茶渠道。你那些茶确实还可以，但你把利润加进去，对这些茶友来说没有太大的价格优势。”

我犯了难，大众市场撬不动，专业茶友不买账，现在不用说赚钱了，这些茶的成本如何收回来都是个难题。我在办公室止不住叹，这批茶叶什么时候卖掉，真收手了。一旁有人说：“这句话怎么那么耳熟呢？啊！是小殷整天念叨的‘我股票什么时候回本，就真的不玩了’。”

说话这人是同事展欣。这个刚参加工作的小伙子，应该也是偶然间看到朋友圈转发的我的茶店消息，被标注的茶叶的各种雅称吸引住了，成为我的第一个意向买家。我不厌其烦地从茶叶的基础知识开始向他介绍，在手机上聊了两个小时后，他表示要跟我好好学茶。这让我有点感动。

展欣收到茶叶后，马上来了反馈，说茶叶完好收到，可是有个小问题：茶砖上标注的是250克砖，他称过后发现只有242.5克。

一般来说，紧压茶会有重量误差，误差在正负3—5克，都属正常。误差超过5克，算是超标。误差超标的情况一般分为两种：一是在茶砖刚刚开始压制时，投茶工人对含水率把握不准；二是茶叶修边时，压制后边缘起翘，工人为了美观会把突出的边缘去掉。

展欣说：“原理我已经清楚了，但少7.5克，那怎么办呢？”

我抓着头皮回复：“就给你补上。”于是我拆开一块新茶砖，撬了一块寄过去。在商讲诚信，保质保量嘛。

展欣时不时发微信给我，请教茶叶问题。

“金骏眉为什么这么贵呢？”他问我。

“一斤金骏眉需要四万颗芽头，本身武夷山桐木关的菜茶数量就有限，成本又高，市场追捧，造成了现在奇货可居的局面。”

展欣打来一连串佩服的表情，并说：“连四万个芽头都知道，您可是亲自数出来的？”

展欣求知心切，一会儿又打电话来问：“大家都说喝岩茶，牛肉最好最贵，什么意思啊？”

我从饭桌上撂下筷子，耐心向他解释：“大家讲的牛肉，是指牛栏坑肉桂。”

“这个牛栏坑里是不是一边养牛，一边种茶，有机养料循环使用，所以这里面的牛肉好贵？”

“牛栏坑具体是一个山场名，牛栏坑肉桂，是说牛栏坑那地方出的肉桂。”

展欣委屈道：“牛栏坑肉贵啊，我说的没错啊。有机养殖，循环生态，但是再怎么样的肉也没有上万一斤啊。”

我看着桌上的鸡肉，继续说：“牛栏坑可不一定有牛。这么说吧，鸡肉，也不一定是宝鸡产的，只是个叫法而已。”

展欣回复：“宝鸡肯定也有鸡啊。”

我气得想扔手机，回复道：“网上百度啊，知乎什么的，你可以搜搜啊。”

“那儿解答也不一定权威啊，既然有你这么一位专家，我又何必再绕弯子呢。”

…………

这天夜里一点多，我又接到展欣的电话，他说：“大家喝茶都说醒茶啊，这么说，感觉很诗意，茶睡着了，要唤醒它，醒茶，是这个意思吗？”

当时家里人都已入睡，我压低了声音回复他：“这么晚，有事不能微信问吗？”

展欣连声道歉：“请原谅一颗求知若渴的心。你微信发我吧，在线等，求解惑。”

“不用了，我现在就告诉你怎么醒茶叶。以前武夷山每年茶叶开采时，有个喊山传统，在惊蛰前三天，所有人敲锣打鼓，对着茶山喊。你这茶，要醒的话，你就对着喊喊吧。”

“要喊多少下？”

“你先对着喊500下再说吧，须平心静气，慢慢喊……”

说完，我把手机状态调整成飞行模式，安心躺下了。

开始做茶商之后，我时常想起钱弦。也不知道这老同学这几年过得怎么样。于是我给他打了个电话，他接到电话时很意外，一再问我有什么事。

在电话里说了好一阵，说起大学宿舍，说起了当年张家港游戏厅外的咸泡饭。钱弦说：“那家啊，早关了。”

“我开始做微商卖茶叶了。”我接着说，“还记得当年帮我卖茶吗？就是从你那儿起的头，一直没有感谢你。”

电话那头冷了一会儿，说道：“你那些茶，后来在家里长了霉，全扔了。”

我挂了电话，心情烦乱地翻弄着手机，微信里福建卖茶小妹又发来了一堆兜售茶叶的信息。这些茶叶的噱头，每条都不一样——降血压、滋补简体的功效组合、养生概念套装、年终大回馈、新年钜惠好礼、参加铁观音比赛需要支持、四代种茶世家纯手工制作、孝敬老人，最后她还向我诉说心酸卖茶史。

想来这位小妹向我推销茶叶已经一年多了，但我从来没有回复过她任何一条微信，这天晚上我忽然觉得她也挺不容易的，终于回了她一条信息：辛苦了！

结果，她秒回了我一句：大哥，你要买茶？

陈绿

刘老师邮寄了一罐26年前产的绿茶给我，这款陈年平水珠茶，是福建某个外贸茶厂的尾货，当年没卖掉，一直被遗忘在茶仓的角落。

2010年的冬天，这个外贸茶厂所在地要被重新开发，刘老师去收了一批陈年乌龙茶，他看到有一箱没人要的陈绿，就一并拿了。当年他开箱品试，发现绿茶尚存香气，但苦涩味重，于是敞开箱子，放在陈茶仓库，这一放又是好几年。

前些日子刘老师到茶仓，想起这款茶，凑上前闻了闻，气味不错，和陈年安茶味道接近。他抓了一把泡开，茶香中夹着一丝带甜的药香，茶汤浓稠，苦涩味不见了，有明显回甘。

绿茶喝鲜，春季一过，开始慢慢掉价，再好的茶，失去春尖春蕊的鲜爽嫩香，就不再受到瞩目。隔年的茶，泛黄失味，更是少人问津。我在单位里闲聊说起收到的这款陈年绿茶，大家都很新奇，这么久的绿茶，还能喝？司机老张这天经过我们办公室，凑过来说："这不稀奇，我家有没开封过的龙井，都超过50年了。"大家都质疑说不可能，龙井茶从来都贵，怎么会放上50年？

"我都这把年纪了，还会骗你们？"老张急忙辩解道。

我也将信将疑，问他："是一直密封的？"

老张应道："当然，铁罐子封死了，有两罐呢。"

旁边的人打趣道："老张，要真是超过50年的茶，你这打小就存上了？"

老张梗着脖子，声音粗了："少见多怪，这也不算稀奇事。"

我想了想，问他："这么长时间，应该是上一辈留下来的吧？"

"是啊，这茶有历史的，三言两语说不清楚，我不同你们啰唆了。阿泉，你有工夫到家里来，我翻出来给你看看。"老张快60岁了，平时有些闷，不大说话，是个实诚人。我平日里最大爱好就是搜集各种茶，听他这么一说就惦记上了，还真去了一趟。

老张住的地方离我家不远，这个周末下午，我和他通过电话，便提着一盒新春的雨花茶上了门。进门后他张罗着烧水泡茶，说妻子在儿子家帮忙带孩子，他现在一个人在家，很清静。他领着我进到一个小房间，指着桌上两个铁罐说："知道你要来，我从杂物间翻了半天，总算找到了。前几天在单位，你不说起陈年绿茶，我都想不起这茶了。"

我上前拿起罐子，看铁盒锈迹斑斑，笑道："这个茶，有历史价值，不知道还有没有品饮价值。这么多年，你怎么会一直留着？"

老张叹口气，回答道："这个茶确实有历史。是我父亲的遗物。哎，说来话长，你先坐。"

老张起身拿了两个杯子，接着说道："这茶呢，其实也不是我父亲的，是他的一个朋友的。"

"老爷子去世有好几年了吧？"

老张一边往杯子里倒茶叶一边说："时间就是快，这么一算，也有七八年了。父亲脾气怪，和我们合不来，也不愿和我们同住，退休后一个人住在老公房。所以他在世的时候，我们说话也少。他过世以后，我翻看他写的回忆录，才慢慢知道以前他的一些事情，包括这两罐茶叶的故事。这个茶叶呢，其实是他朋友的遗物。"

话说到这里，他忽然顿了顿，问我："你不急吧，我这个人讲话不太灵，我就想到哪儿说到哪儿，旁边你要听得不清楚，再问我。"

"不急，不急，你慢慢讲。"

老张点了一根烟，吞吐了几下，继续说："要说他们这一辈人也挺不容易的。一九五几年我父亲被打成右派，右派当了好几年，又因为反动言论被送到甘肃农场接受劳动教养。我母亲呢，和他划清了界限，跟了其他人，我和我妹妹回来跟奶奶过。我那时候还小，长大了一点就从心底里恨他，因为他，周边的人看不起我们，母亲也不要我们了。后来他摘掉帽子回来了，我们也处不好。怎么说呢？就是不亲，像你我现在这样的说话、谈心，我和父亲一次也没有过。

“后来我参加工作、结婚，就搬出来住了。我看不起父亲，就拿他吃饭的习惯来说，怎么形容呢？穷凶极恶，汤汤水水，不剩一点，还要刮一刮。要知道他以前可是大学生，老知识分子啊。当然了，看完回忆录，我能理解一点，现在心里是有点内疚啊。他以前偶尔也会提起，那会儿被打成右派、后来在甘肃农场的经历，那时我懒得听，我儿子更是觉得烦。”

我接过话茬：“那几年全国都闹饥荒，他能活着回来，不容易啊。”

老张点头说：“是啊，父亲的身体就在那边落下了病根。去世前几年，这个病那个病的。性格决定命运，他当年性格太直，年轻时又争强好胜。被划为右派后他不服，一直闹，结果问题更严重，被送去大西北劳教。劳教还不是劳改，劳改有时间期限，劳教说是看表现，其实就是个无期。那时甘肃条件很差，不管是多么大的知识分子，都当苦力使，干活不是在沙滩就是盐碱滩，还吃不饱……”

我说：“很多人都在那时候挨过饿，我爷爷还说那时候得过‘水肿病’，也有人叫大肚子病，全身乏力，身体浮肿着，腿肚子那里，用手指头戳，一点一个瘪洞。”

老张起身去拿水壶，回房间冲了两杯茶，接过我的话茬：“长期劳累，没东西吃，就会这样没力气、全身浮肿。但就是这样，我父亲他们还是要翻地、挖排碱渠，劳动量特别大。翻地是一天一亩的定量，不然不给饭吃，差的时候每天只有七两伙食供应，这个七两听着不少，其实不是纯粹的干粮。他们都饿垮了，只好去挖草根、捋草籽，甚至活的蚯蚓，只要是能塞进肚子的东西……”

我端起茶杯，吹吹泛在杯口的茶叶，问：“那时候人都吃不饱，怎么还留了两罐茶叶？”

老张拍拍腿，说：“哎呀说岔了，回到正题。我父亲在农场，有一个关系最好的朋友叫小关，两人都是大学生，又都是江浙人，就有不少共同语言。小关家成分是地主，当年自己要求上进，接受号召支援大西北，去甘肃学校里教书，但还是因为家庭成分被打成右派。他俩经常在一起讲讲话，条件苦，大家说道说道，能相互排解一下。父亲的回忆录里，记着不少小关的事。

“小关有个对象，是在杭州处的。小关认识这个姑娘说来怪有意思的，当时坐公交车看上了人家，不好意思上前搭话，就随着那姑娘下车。知道那姑娘单位了，再想办法打听名字；知道姑娘姓名了，又千方百计问姑娘的性格、爱好，不敢直接去见人，而是不断给她写信。小关家学有渊源，先祖曾经中过举人，才气是有的。姑娘纳闷，怎么有这么个人连着几个月给自己写信，也不说他是谁，还不留来信地址，神神秘秘的。姑娘蛮有能耐的，后来直接找上小关了。”

我好奇地问：“信封上没地址，这姑娘是怎么找到小关的？”

老张回答说：“信纸上有单位名称，小关经常写信，有时不小心用了单位公文纸。小关写了几个月信，他平时的工作、生活也会无意中透露一些，小关所在单位年轻人不多，姑娘托人去他单位一打听，一比对，心里也就清楚了。姑娘见着小关，上下瞄了一会儿，开口便让他以后别老写信了。小关当时心就沉了下去。姑娘又说，有事可以当面说啊，邮票不花钱吗？”

我笑了：“这事就成了？”

老张也眯起眼，说：“成喽。小关有才嘛，光是写信就已经打动了人家，不然人家找上单位干吗。姑娘看到真人，就对上眼了。两人好了，一直挺好，虽然几乎天天见面，小关还是老写信。写信也不上邮局啦，而是让一个宿舍的哥们骑自行车送去；姑娘回信，让住在附近的小姐妹捎到他单位。”

我起身找水壶，续满两个茶杯，禁不住问：“两人这么要好，小关怎么后来也去了大西北？”

老张叹息道：“姑娘家里不同意他们来往，那时候最讲究的就是家庭成分。单位有支边名额，小关主动申请去，希望通过这样积极上进的表现打动对象家里……可没想到后来他被下到了农场。就是这样，他还没打算让姑娘知道。”

我问道：“这还瞒得住？”

老张说：“我父亲在回忆录提到，小关是这样想的，本来他成分就不好，现在还被劳动教养，要是姑娘家知道了，会彻底让他们断绝往来。另外，他不想让姑娘担心。他到农场之前，交代一位兰州关系好的同事，收到杭州来的信、物就转寄给他。可他没想到，在农场最大问题是找不到合适的信纸写回信。你想啊，大家面临的都是基本的生存问题，信纸多浪费啊。于是他写信，只能拿用来贴标语的纸或者报纸。再后来，他只好跟姑娘匆匆回一句：要到农村下乡一段时间，暂时不能通信了。”

我想了想，问：“茶叶是姑娘寄给小关的？”

老张应道："是啊！龙井茶。杭州人嘛，小关平时也喜欢喝茶，那时买茶要凭茶票，这两罐茶能买上，估计费了很大劲。转寄到农场，却一直没打开，人都吃不饱，还喝茶？茶叶助消化，越喝越饿啊。他跟我父亲说，张哥啊，等我们出去了，一起到西湖，装上虎跑的泉水，再来泡这龙井来喝。"

老张停下来，又点了根烟，继续说："后来事情穿帮了，小关许久没有回信，姑娘着急，偷偷坐火车去到兰州，结果什么都知道了。姑娘想到农场看他，但不是直系亲属，不开介绍信去不了。姑娘就写信，说要跟小关结婚，以家属身份去看他。他既感动又难过，想着不能耽误人家，就跟我父亲商量怎么办。父亲心里知道这事很难有好结局，可也只能口头安慰着他：她对你是真心的，会一直等你出去……

"那时候小关身体已经垮了，每天只能躺在窑洞里。农场其他人还有亲友偶尔邮寄粮食过来，可小关全家都被打倒了，彼此都自顾不暇。他从小在富足的环境下长大，禁不住饿，加上长时间高强度的劳动，身体实在吃不消，他是倒下来的第一批人。

"他苦苦支撑，信念就是能够活着回去见对象。过了一些日子，他和我父亲说：'张哥，我撑不住了，也不想撑了。我对象写信过来，说家里不同意她也要到农场来，工作也不要了。张哥，我不能害人家啊。'

"他拿一张写了字的报纸递给我父亲，说：'你以后能出去，把这封信给她啊。'我父亲忙推开，斥责他：'你这是做什么？再熬一段时间，说不定我们就能回去了。'小关忙说：'前几天还能站起来，现在坐起来都很吃力，你看我这情况，熬得了几天？张哥，要我爬起来求你吗？'父亲见状只好

收起纸条。小关又说：‘张哥，我要哪天不在了，箱子里那两罐茶叶你留着，做个念想。我也没其他东西了。’

“父亲鼻子直泛酸，有气无力地说：‘别瞎说八道的，多躺躺，你还比我年轻，怎么老说丧气话。’小关说话都没力气了，讲一阵子话要喘好一会儿，他说：‘张哥，我不能害了人家啊，你说是不是，我现在死了，她会活得很好，是不是？’

“父亲握紧小关的手，调转身，用袖子抹着眼睛——他笔记里写道，小关的手软软的，冷冷的……

“小关当天夜里就没了，农场的人都搞不明白，一个饿得奄奄一息的人，到底有着怎样的决心和毅力，才会用鞋带把自己勒死。大家的床位都是挨在一起，居然没有人被惊动。”

…………

良久。我问老张：“后来小关的女朋友呢？”

老张连抽了几口烟，被呛得一阵咳嗽，缓过来后，他说道：“我父亲平反后去了杭州一趟，祭拜小关。一番周折后终于找到陵墓，他惊住了，墓碑上是并排着的两个名字。他在那里默默坐了半天，临走时说：‘小关兄弟，弟妹啊，你们在地下先团聚着，张哥过些年来会你们。’”

我忍不住问：“小关最后的纸条上写了什么？”

老张站起来说：“我去找找，父亲留下的那堆笔记本里还夹着这张报纸。”

那张泛黄的老报纸破损得厉害，但小关写的绝笔还能依稀看清：纵浪大化中，不喜亦不惧。应尽便须尽，无复独多虑。

那是陶渊明的诗句。我想着，他们之前就有着共生死的盟誓。小关想告诉她，希望对方好好活下去。小关想不到爱人会那么刚烈，以死相随。

我翻看着老张父亲留下的几本笔记，回忆录里有更多具体的文字——小关写给对象的情书里有“空山松子落，幽人应未眠”，也有“山风吹乱了窗纸上的松痕，吹不散我心头的人影”……也有老张父亲在农场生活的具体感受“以前每天睡着，害怕天亮醒不来。现在每天睡着，希望明天醒不过来……”

翻完笔记，我抬起头，看老张在一旁呆坐，烟灰缸中已经挤满了烟头。老张眼眶红着，自顾说着：“老了啊，你看眼泪水都流不出来，只会在眼角打转，我父亲在世时，每年春天都会去趟杭州，说去看以前在农场一起的朋友，后来才知道，这都已经故去多年了。”

“后来老爷子就一直单身？”

老张说：“我原先以为他是一直找不着，后来看了回忆录才知道，父亲感念小关这段生生死死的感情，又想到我母亲当年如此薄情，寒了心，没想着再找。”

我感慨着：“老爷子这辈子不容易啊。”

“一辈子，也就这么过去了。你老家离着也不远，平日里多回去看看你家老人啊。” 老张说，“坐了半天工夫，我们尝尝这个茶的味道。”

老张动手开茶叶罐，盖子却怎么也拔不开，我上前去，使了一阵蛮力也是无用功。老张到外面找了工具袋，我们俩用钳子、起子一番折腾，终于撬开了铁罐。

老张又从外面拿来两个茶杯。我看着杯中开水没过茶叶，茶汤逐渐变成深红，我拿起杯子，抿了一口，这味道，这五十多年的时光……

闲人

现在大家都在忙，到处都是小忙人。父母打电话问，最近不忙吧？老朋友见面问，最近忙什么？好像忙是公理，应该忙，不忙就不太对。有闲的人吗？茶馆里倒能碰上几个，茶馆本来就是闲坐的地方，闲人找地方坐，就只能上茶馆喽。

李师傅平日里不是在街上晃荡，就是在邓掌柜的茶馆里。大家叫他李师傅，一来是他年纪大，50多岁了；二来他本来就是个手艺人，在厂里干了十多年，是熟练的技术工，车、铣、冲、刨，样样拿得起，就等着老车间主任退下来，他好接班。谁知上世纪九十年代末工厂改制，他下岗了。之后他打过零工，做过小生意，后来身体有毛病，干不了重活，就在街道上摆了个自行车摊位。后来没多少人骑自行车，他也上了岁数，就变成了闲人。

茶馆里有不少报纸杂志，李师傅平时爱读书看报，平时没人聊天，他能一份报纸翻来覆去看几个钟头。跟邓掌柜混熟了，他把自己当半个伙计使着，店里忙起来就帮着照应。邓掌柜这茶馆门面一楼是茶叶店，主要用作展示各类茶叶，免不了摆一张大茶桌，摆上十几张椅子，平日里大家就围在这儿喝茶，楼上几间包间，是收费茶室。邓掌柜是圈内较有名气的茶叶行家，来往的都是识茶、懂茶的茶客，李师傅瞧着都是文化人，挤在边上听着长见识，就愿意呆在这里，把这当半个家了。

李师傅平日笑脸迎人，整天乐呵呵的，“穷开心嘛”。大家也不嫌他。李师傅经常说：“你看，我都活了半辈子了，感觉好像是替另外一个人活的。有时候想起来恍恍惚惚，小丁点大的事记得清清楚楚，再大点就感觉陌生，你看我中间是不是掉包了？你看哦，我当时读个技工学校都稀奇，出来就成了公家人，工厂领导重视、师傅喜欢，以为这辈子都在厂里了，谁知企业说黄了就黄了。那时候就有人拉他去广东做生意，他想照顾家里，就在这个城市呆着，现在，那人身价已经好几千万了，你说人比人，是不是气死人？”

大家说起云南的普洱茶，李师傅在旁边说：“云南，这地方少数民族多，叫法也多，比如这姑娘小伙，称呼就不一样，爱伲人管小伙叫阿力，姑娘叫阿布；傣族小伙子叫‘猫哆哩’，姑娘叫‘哨哆哩’；彝族的人，小伙子叫做‘阿黑’，姑娘叫做‘阿诗玛’，以前有个电影，就叫《阿诗玛》。”有人边上说，有个香烟牌子也叫阿诗玛。

“对对，”李师傅说，“还有白族人管姑娘叫金花，小伙叫阿鹏，结了婚的就叫阿鹏哥。”

大家叫起来，李师傅好有文化，民间高手啊。

李师傅眼睛边上皱纹全舒展开了，谦虚地说：“都是看来的，邓掌柜这好多茶书。”

更多的时候，李师傅插不上嘴。现在好多词，吐槽、我去、滚粗、基友、碉堡了、你妹的……李师傅都听着费劲，有一天终于忍不住问：“你们怎么都有个妹妹？”大家愣了。

李师傅说：“你们一开口，就是‘你妹’‘你妹的’。”大家笑得岔气，李师傅就不大作声了。

后来大家到茶馆都不愿说话了，不说话时，就盯着自己手机看，看到好玩的，大家才说着笑笑。有一段时间他们老说起“隔壁老王”，李师傅就说：“我隔壁真有一个老王。”没想到大家又笑话他。

“这个老王啊，天天就被他老婆骂，而且每天不重样，有时候骂他老瘪三、老混账、老甲鱼、老活牲、老昂公、老呆子……”

“这个老王平时也就任着他老婆骂？”大家问。

李师傅嘿嘿一笑，回答说：“习惯了呗。哦，想起来了，有一天，在小区里，当着很多人，老王也要点面子嘛，忍不住回了他老婆一句，你怎么老骂人？

“你们知道他老婆怎么回答的？”

大家摇头。

“他老婆说，我没骂人，我骂的是你这个东西。老王辩解说，我不是东西！大家都笑，老王领悟了，又说，我是东西，我不是人！这个老王啊……”

后来每次进茶馆，大家都要李师傅讲老王的段子，他热情高涨，每次都讲得绘声绘色、活灵活现的，大家笑得前俯后仰。大家问他：“你怎么记得这么清楚？”

他举了举手上的智能手机，说：“我儿子不用丢给我的，这手机好，有录音功能，每次老王被骂，我就偷偷录下来。回头再听上几遍，清清楚楚的。”

有一天下午，我心里烦，借故从单位出来，去了茶馆。走进门就看见李师傅在角落里听着手机录音。虽然声音很小，但还是听得出是个女人的尖利骂声，我跟他打招呼：“李师傅，又在听老王老婆骂人？”

李师傅嘿嘿笑，我凑上前也想听听。李师傅躲闪着，并说：“这有啥好听的？”

“我平时都以为你是编的呢，来嘛，我听听看真人版的。”

李师傅推托着，我没了兴致，转身走开，却忽然听到手机里传出尖利的女声：“李成才，你个没用的东西，你一头撞死在外头算了。”

我心头一震，李成才是李师傅的大名啊！于是我赶紧低下头翻看手机，自言自语起来：“哎呀，你看看，抢了个红包，哎呀，才三分钱。”

我慢慢抬起头，李师傅一直盯着我，苦笑了一会儿，对我说：“千万莫要告诉其他人哦。”

邓掌柜的茶馆里还有一个闲人，是个小伙子，叫陈亮，二十七八岁。他在外地工作了几年，经常在全国各地跑业务，突然有一天他回到家乡，也不想工作了。

陈亮说他现在看得很透彻，人从出生到死亡，顺顺当当也就几十年光阴，何必急匆匆过完了呢，呆着，时间就是自己的，工作了，时间就是别人的。

我听了对他说："还是个文青，准备写东西？"

陈亮仰着头，说："现在没有。将来嘛，也说不准。现在很多人写东西的感觉不对。"他指了指窗外，"你比方说，大家都写，鸟在天上飞，你怎么知道它在飞呢，或者它只是在扑打翅膀，保持一个惯性动作而已。我们只是想像了飞和飞的动作，其实是我们没有体验过飞，你坐飞机就以为是飞了吗？坐在高空上面一动不动，和坐火车、坐汽车有什么区别？要我说，形容鸟怎么飞，应该这么说，'鸟在天上滑来滑去'，或者'鸟在天上玩滑滑梯，一上一下的'，我们都坐过滑梯，这感受大家清楚。"

"你这个想法有意思。"我笑着说。

陈亮又说："其实我知道飞的感觉。小时候荡秋千，荡到高处，我就松开了绳子，那是飞起来的感觉……"

陈亮说他喜欢古人围炉夜话的感觉，小时候最美好的回忆，就是冬天拥坐在一帮小孩中间，围着老人听故事，现在在茶馆，听一帮闲人有一句没一句闲聊，也怪有意思。

"看某个人说话，姿势，神态，猜想你平日里是个什么样的人，这个真有意思。你要了解某个人，就看看他朋友圈发的东西，他的关注点，他的评论，基本可以判断这个人的性格特点和价值观。"陈亮说。

这个年轻人常常没来由地说一句，"深圳木棉花和黄花风铃木该开了”，或者“海拉尔啤酒，是中国最好的啤酒”，有时突然定住了，呆呆不动，心思不知道飘到了哪里。旁人叫了半天，他才回过神来，有人问：“小陈，在想什么呢？”他挠挠头，说：“这个问题嘛，我思考了好几年了。”

陈亮有时候也会主动跟人聊天。这天晚上谁晚来了，他突然问一句：“今天累草鸡了吧？”对方啊了一声。他跟着说：“还是这儿巴适吧。”

“累草鸡了，这是青岛话，很累的意思。巴适，是四川话，舒服的意思。”陈亮不紧不慢地解释道。

发现大家都看向他，陈亮又说：“你看看啊，各地人的性格从语言上就可以看得出来。你就说傻瓜这个词，甘肃人说冷棒，陕西人说瓜子，新疆人说勺子，都很直接。我们这边人怎么说，十三点，二百五，很婉约，要让你想一想，怪不得北方人说我们奸滑呢。”

邓掌柜看着椅子在他身下扭来扭去，忍不住发话：“小陈，你好好坐啊。我这个椅子坏了倒不打紧，你要是跌坏了，我可赔不起。”

大家都笑起来，知道邓掌柜嫌他显摆。陈亮没接话，心思又飘到了远处，自言自语道：“这一泡茶大概会有多少根茶叶？“

邓掌柜迟疑道：“你数过？”

陈亮笑道：“有一次数了乌龙茶！37根，17根粗一点，稍细12根，8根再细一点。闲嘛，其他都没有，就是有时间。”

邓掌柜摆摆手，没好声气说道：“你花头经，多的。我看你，要被人敲一顿才老实。”

陈亮说：“掌柜的，打拳讲的是，意到则气到。意是由心而发。老子说，心使气。心平则气和。你看，打架和做生意，都要讲究个和气嘛。”

陈亮眼神有些涣散，见众人都对着手机不语，张口呼道“各位观众”，众人眼光从手机上移开，看向他。“我且先走一步，各位慢看。”

陈亮说话就这么没来由，大家都不知道怎么搭话。他就这样闲坐了几年。

有一天正闲坐着，李师傅搭上他肩膀：“哎，那个，你上次向我借了300块钱，有些日子了吧。”

陈亮应声道：“有半年了，这样吧，再过个半年，凑满一年还你。等你那事完了。”

李师傅憋着一口气，问道：“我，什么事？”

“这么着吧，我给你做道算术题：我们这有10个人，每个人发出10次大笑，每天这样的情况至少要发生3回，那每天加起来总共会有多少次笑声？”

“300次？”

陈亮拍着手说：“对。我每天坐在这儿思考，就你那邻居，该死的老王，乌龟打屁——冲壳子！瞧瞧，我的思路每天都要因此被打断300次。我就想，这再过个半年那老王总该没笑话了，这300块钱，嗯，好吧，到时一定还你。”

茶友

江湖发秀色，草木含荣滋。每年初春新茶时节，表妹书乐都要漫游江南，遍试各地新茶。从浙江的西湖龙井、余杭径山茶、顾渚紫笋、安吉白茶、江山绿牡丹、平阳黄汤，到苏南的洞庭碧螺春、太湖翠竹、水西翠柏、南京雨花茶，再至皖南的休宁松萝、涌溪火青、岳西翠兰、六安瓜片、太平猴魁……来苏州的时候，拉着我晃荡了一圈，订了两根邹叙生的十节邹箫，请了一把蔡念群的宫扇，后来还特意用南红做了扇箍。

书乐生活优哉游哉，平日写些闲趣散文，会弹古琴，也练过钢琴，喜欢在庭院里养兰花、植菖蒲、种睡莲，闲暇了到各处走走，去景德镇找找瓷器、去古徽州看看民居、去潮汕寻寻美食。她有一间专门的茶室，专门用于摆放各处搜罗的好茶、手工缝制的茶席、精美的茶器、定制的香薰、手绘的书画扇子。民国粉彩水碗里，清供着浙江金华佛手，提联也是自己手写颜体“槲叶落山路，枳花明驿墙”。

书乐从小到现在都长得好看，小时候我姑母随姑父在部队，书乐被放在外婆家，和我一起上学好几年。一直到初中一年级，姑父复了员，她才随着回了省城南京。这几年，小时候的同学碰着了还会向我问起：“你那表妹呢？”我说：“别惦记了，她大学里就谈了，现在孩子都好几岁了。”

就算喝茶，书乐和别人也不一样，她有着自己的独特意见。比如绿茶，她说判断绿茶好不好，看叶底的柔嫩度很有指导性，起好的岩茶，尾水的木本滋味，十分受用。

熟茶，对水质的要求其实挺高，她会试着用陈皮或者乌梅煮水泡熟茶。等级高的白茶需散茶，压制会改变茶性和转化进程，此外讲究高山茶园，必须是传统工艺，再好的天气也要72小时出成品，一般的天气则要五天以上，这样出的散料前三年不好喝，第四年开始表现得非常好……

和我喜欢收集各种茶不同，书乐更喜欢喝茶的氛围和这种恬淡的生活方式。她在论坛里很活跃，喜欢跟帖互动交流，“说喜欢喝茶的，多是真性情之人，都向往幽静、自在而平和的生活。”

而在现实生活中，书乐比较冷淡，平日里也不太喜凑茶会，不过她茶缘很好，每年都有各地的茶友寄来好茶。中国地大物博，沾了表妹的光，我喝到过几种不常见的茶——广西姑辽茶、云南宝洪茶、粤东连南炒青、湘西雪峰山藤茶，还有徐霞客在游记中曾经提到过的传统历史名茶太华茶。

最让我感到意外的是，书乐有瓦屋山野茶。瓦屋山在我老家，就是李白的诗“朝登北湖亭，遥望瓦屋山。天清白露下，始觉秋风还”中的瓦屋山。汤显祖也留下过七律“瓦屋如云青作花，华阳绛气屋青蛇，中开百尺仙人掌，摇漾金光落紫霞”。

瓦屋山有茶场，但是野茶很难得，稀少且较难采摘。有一年春天，我和两位茶友来了兴致，专门上山去采野茶。山上风景倒好，长烟引素，云萦雾纡，但山路陡峭，野茶树也没找到成片的，花了半天时间，到手只有三两茶青。看到我朋友圈的照片，书乐打电话过来说：“瓦屋山野茶这有什么稀奇的，我寄半斤给你。”

书乐寄来的茶叶果然是正品野茶，我问书乐：“人家舍得送你这茶，是跟你有多深的交情啊？”书乐却说只是普通茶友。

“前几年在论坛发了篇文章，说起小时候喝过的野茶，很想再喝到那个味道，有位叫‘品喝饮’看了帖子就给我寄了一些。这几年每年春天，都能收到一斤瓦屋山野茶。”书乐说。

这茶，花上大几千也未必能买上啊。书乐也很纳闷，这个茶友平日里没往来过，却显然知道她喜欢古诗词。这几年，附在茶叶中的便笺写的分别是“讵有青鸟缄别句，聊将锦瑟记流年”，“南陌东城春早时，相逢何处不依依”，“看君双颜色，不语似无愁”。后来书乐特意查看了寄件人地址，字迹潦草，难以辨析，应该是寄件人故意为之。

我建议书乐在论坛上问问清楚，看看是不是相熟的朋友。

她在茶叶论坛发了站内短信给那位茶友，感谢盛情，希望联系到他。过了些日子，“品喝饮”终于回了消息：“也是有缘，茶叶送给对的人，能喝出好的人，也是茶缘。我只愿意做钱钟书先生说过的那只吃得还不错的鸡蛋。”

而后又解释这茶的来源：“采的是瓦屋山头波野茶的鲜叶，芽头比叶子大，可以保证采的是第一波发的鲜叶，所以味道特别鲜爽。”

但这位茶友还是没有透露自己的身份。我更感兴趣了，交代书乐：“你去查下快递单的手机号码，我来找，联系不到我就去营业厅给他交个话费。我倒要看看这个神秘人物到底是谁。”书乐很赞同我的想法。但是我打了书乐提供的手机号码之后，发现那是个空号。

今年过年时碰到书乐，她送我一套“寒山秋意”杯，器型是禅定杯，可双手合围捧着，“这又叫暖手杯，是专门给你冬天用的。”

我俩说起往事，算下来今年是小学毕业20周年，商量了过后，我们计划组织同学们聚下。同学们听说是我那个美女表妹提起的聚会，都说要来。我最后一个通知的是开洗车行的黄龙涛，我开过去洗车，当面交代了。黄龙涛表示再忙也得去。

正月初五中午，同学基本到齐了，就缺黄龙涛。打电话一问，他回答说：“在路上了，不用专门等，你们先吃。”

同学们好多年不见，大家都还记得书乐，她却记不起大家了。好在郭建财特意用手机拍了小学毕业照，书乐一个个对着照片和名字，听到名字的都笑着点头。

叫到郭建财，书乐笑起来，说：“我记得你，那时就是两只大拇指分别插在两边的裤袋里，对着女孩子吹口哨：妹妹，你好漂亮啊。”

郭建财有些不好意思，左手搭在脸上，说：“哎呀，大美女，记得你以前眼睛是单的啊。”

书乐笑着说：“后来一不小心打了个喷嚏，就变成双眼皮了。”

叫到黄龙涛的名字，书乐拿过手机看，“我记得他，当年就是他把我自行车轮胎给戳破了。”

同学们都笑，纷纷嚷着：“除了你表哥，男生们都参与了，挨个扎你自行车轮胎呢。”

书乐惊讶地问道：“当年我可没惹你们哪，你们咋就这么坏呢？”

郭建财一阵大笑，回答她：“谁叫你长得那么好看呢。你知道那时候其他男生都不像我这样直接表达思想感情，反过来，对女孩子表示亲近的方式呢，就是捉弄她。”

我笑着说：“这事我知道。那天也是黄龙涛倒霉，他胆小，手一直抖，用钉子一直戳不破，还给你逮到了。”

“我记得那天我是一路哭着走回去，那个黄龙涛就推着我的车跟着我，一直跟到我们家。”书乐笑着又看了看照片，“呵呵，你看照片上的他，也是一副手足无措的表情。”

郭建财说：“哈，后来上中学，我们都叫他龙套，跑龙套的。”他拿起手机，按了一会儿喊着：“哎，龙涛啊，怎么还不来？大美女从省城回来了，所有同学一个不少，就等你了！什么，暂时来不了了？什么事啊……”

郭建财放下电话，说：“黄龙涛的车路上蹭了尾，要等交警来处理，这多扫兴啊。”

几杯酒下肚，大家讲话声音都大了起来，说当年学校的事，说现在的生活，说各自的改变，又聊到目前的爱好。轮到我的时候，我说起茶叶，还说到瓦屋山的野茶，这时有人说了一句："黄龙涛老家就在瓦屋山里面啊，你们记得那时侯他经常带栗子到学校来吃，有一年冬天他脸上包扎着到学校来，你们猜怎么回事，说敲栗子的时候砸着眼睛了……"

郭建财忽然想起了什么似的，开口说："今年清明前后，我去他店里修车，没想到这家伙关门歇业了，说去瓦屋山采野茶。你说他平时也不是个喝茶的人，去采什么野茶，还说这几年都去。"

我和书乐对视一眼，见她睁大了双眼，我压低声音对她说："黄龙涛这小子怎么还老打听你……"这时包厢门打开了，有人欢喜地叫着"跑龙套的来了"，也有人称呼着黄总、黄老板。

黄龙涛迎上来，笑着和大家寒暄过后，特意过来和书乐打招呼："你可是我们小时侯的梦中情人，我七赶八赶，总算见上你一面了！"

书乐笑了："你是品喝饮？"

黄龙涛一脸迷惑地说："什么品喝饮？"

我走了过去，盘问他："你老实交代，是不是你每年邮寄茶叶给书乐的？刚才听说了，你每年春天都到瓦屋山去采茶的。"

"你们知道了？"黄龙涛一脸意外。

书乐追问："那你说，你是不是论坛里的品喝饮？"

黄龙涛摇着头说："我是每年给你邮寄茶叶，但我不是那个人。"

同学们边上听着，都不着四六的，于是我和大家讲了讲事情的来龙去脉。同学们都笑黄龙涛："好小子，有你的啊，做就做了呗，有什么不好承认的。"

黄龙涛摆摆手："我和你们说，书乐说的这个人，是我老表。大我们一级的小波，你们记得啊，瘦瘦高高的，经常打篮球。"

大家都说有印象，但不理解怎么会是他？

黄龙涛坐在书乐边上，慢条斯理说道："我老表一直都有这个心思的，书乐转学以后呢，还一直让我来打探书乐的消息。后来他考大学，也去了南京，他想去找书乐的时候，听说她已经恋爱了，他就盼着什么时候……"

大家默契地笑起来。黄龙涛接着说："真的，他从大学起就一直单着，一直等书乐失恋，结果好多年都没机会。等到书乐结婚，他也算死心，就到美国留学去了，是个有名的大学，还给助学金。你说他没谈恋爱，只能把心思花在学习上了。他现在在国外呢，你们说的那个人，估计是他。他这几年都交代我，要采头春瓦屋山野茶，在茶场代加工好后就给书乐寄去。要说啊，只有我们从小在瓦屋山长大的人，才知道在哪里有成片的野茶。"

"他怎么知道我在论坛的名字的？"书乐问。

"他留心了你这么多年，什么不知道？你是不是每年生日都能收到一束百合？"

书乐回过神来："是啊，这么多年来，每年都没断过。我最喜欢的花！还一直以为是我先生送的，他是死不承认，我又猜测是我青岛的好朋友……对了，他在论坛叫什么名字？"

黄龙涛想了想说："一缕烟，嗯，对一缕烟！"

这个名字是出自她最喜欢的当代女诗人沈祖棻的《别夜》

中的诗句，一缕烟永远系不住一个梦，海阔天空是行云最好的家。

黄龙涛拿出手机递上前来：“看，这是我表哥的照片。”

书乐扫过一眼，激动地说：“这人我见过！”

“想到了，是银行那怪人！”书乐刚刚参加工作那会，在银行储蓄柜台。之后来了一个人开户存几百块钱，过了十几笔业务流水，书乐抬头看又是他，要把刚才存的钱取走，回转身又在她那个窗口排队。

书乐时不时瞄他一眼，他却假装挠头，手搭在脸上，也时不时偷看她一眼。等轮到他办理业务，两人对视着……之所以记得，是这么多年来，只有这么一个人。

春光

如今，能收到私人信件可算是异数。公司前台小姑娘送信过来，冲我笑着嚷着：“邮递员叔叔来过了。”

几个同事凑身过来七嘴八舌地说话，“现在邮票要几毛钱？”“哎哟，还是本城的。”“字不错嘛。”

我解释说：“老朋友，诗人。”

“怪不得，文化人。”

我讥笑跟前这些年轻人：“你们这些毛头，写信是怎么一回事儿，现在见识了吧。”

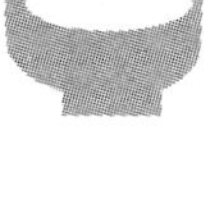

那是春光的信。我们从学生时代开始就经常通信，后来在同一个城市工作，偶尔也打打电话。再后来各自结婚生子，又各奔着前程，渐渐淡了往来。

每年春天，我会订一批新茶分寄给亲朋好友，春光也在其列。他喜欢喝绿茶，习惯是啜完茶水，嚼着茶叶咽下。寄茶时我都会电话问候他：“什么时候有空过来喝茶？”他老说抽时间会个面，讲讲茶经。

春光在信中回忆了十几年前中学时代的诗人理想，他打算重新开始写诗。我心中有些诧异，在上世纪九十年代文学还有那么点火种的时候，诗人常常被视为怪物，现在报纸上都没什么副刊了，还打算重新写诗？这封信附有新诗两首，我没心思看，翻到最后看见“此致，敬礼。请一定要给些具体意见。”

我头皮发麻，从沙发上起身，来回走了几步。电话响了，是李宏伟。没等我开口，那边问：“哈。收到信了？你说这会儿谁收到信，都得被吓一跳。”

李宏伟电话里笑起来：“你说这马春光，好几年没有照面了，信里称呼我们两口子贤伉俪，这感觉，是不是，怪怪的哈……”

我想起来，中学那会儿，李宏伟、马春光都喜欢潘承瑶。马春光和潘承瑶还在暧昧状态时，李宏伟不知花了什么招数后来居上，马春光伤心，还写了不少诗。我笑李宏伟说：“他可是快三十才草草结婚的，当年要不是你插一杠子……”

李宏伟忙打断我：“这都什么时候的事了？听说他一直混得不是很如意啊，现在还在工厂里。前几年同学聚会叫他出来，但他老推说有事。在外地的小五他们几个也都收到了信，大伙儿都挂着这事。你看我这身份……有点尴尬，要不你去看看吧。”

我推辞不了，只好答应过几天去马春光家一趟。

春光家距离我住处三公里，开车十分钟就到了。开了门，春光欣喜地说：“你怎么来了？”

我打着哈哈：“前几天收到你的信，想给你回信，但手都生了。又跑到文具店里找了一圈信纸，没找着。以前我们写信说见字如晤，呵呵，现在我干脆过来刷个脸。”

春光忙着从冰箱里翻找茶叶，说：“瞧，这都还是你送的。我是见茶如晤，常常想起我们二十出头的时候。”

我打量了房间，墙皮有点脱落，客厅的灯坏了几个，家具电器还是结婚那会儿置下的。我问：“这块的房子现在涨了不少啊。”

“是啊，现在哪买得起？幸亏当年买得早。”春光拿着杯子过来，“就是70多平米，有点小，一个书架也摆不了，不过，住住也够了。”

春光泡了绿茶，用自来水冲一道，倒掉茶叶，用热水瓶冲了半杯，拿回水池把水滗掉，转身再续上水，冲我笑着说：“我知道你现在喝茶讲究，第一道茶水要洗茶，我这也没有专门泡茶的工具。”

我忙说：“不讲究，不讲究。”

我喝了一口，惊讶地说：“这是什么茶？”

春光笑着说：“没喝过吧，这种茶叫‘镶红茶’，红茶与绿茶各半，我试验了好久。这款宜兴红茶配陕西炒绿融合了南北风味，对拼着喝，有种特别的味道。”

“以前只见过用生普和熟普拼配，叫‘半生缘’。还有白茶以秋茶为主，拼春茶，取的是春水秋香，你这绿茶配红茶，可真是跨界之作啊。”我说。

春光有些不好意思地说：“我就是瞎琢磨着，论茶叶，你才是专家啊。”

我双手拢着杯子，来回转着，终于忍不住问道：“怎么现在又想起写诗呢？”

春光回答：“也不知道吧，已经好几年不想了，就这几个月，那些诗句自己来了，感觉是他们找到了我……你说就好比喝茶吧，好茶的愉悦感只有饮者自知，喝茶有乐趣，好的茶，跟好的文章一样，定是欲语还休，意犹未尽。”

我有点语塞，问道：“白天上班，晚上带孩子，你哪有空写诗呢？”

春光挠着头说：“厂里面我是做质检的，盯着机器的时候，想着想着就来了。晚上他们看电视的时候，我就端张板凳，在厨房里想想。”

春光仰脖喝了一大口茶，带着几根茶叶，嚼了一会儿，卷下舌头，咽了下去。

一个四五岁的小男孩从房间闪过来，拖住春光的腿嚷着：“爸爸，陪我玩。”

我上前摸孩子的头问他：“你妈妈呢？”

小男孩躲闪着应道：“上晚班。”

春光神色黯淡，说：“她还在棋牌室。”

随后他抱起他儿子说：“叫叔叔。”

孩子不肯叫，他温和地说：“你在幼儿园学的歌，唱首叔叔听听。爸爸给你买个新玩具。”

“我有一头小毛驴 / 我从来也不骑……” 小朋友摇头晃脑唱着，突然声音打起来，“赶——集——啦！”

春光尴尬地笑："你看现在的小孩，都是看电视看的。"

小朋友张口问："爸爸，我是怎么来的？"

春光弯下身子说："以前和你说过，捡来的啊。"

小朋友叫道："不是，不是！"

我笑着说："我告诉你，你是存话费送的。"

小朋友跳开了，叫着："我知道，我是爸爸妈妈睡觉睡出来的！"

春光皱着眉："谁告诉你的？"

小朋友来回转圈，又凑近了春光，说："电视里看到的呗！"说着往春光身上拱，"今天睡觉我也要睡上铺啊。"

春光解释着："这小家伙！暑假带他坐了火车卧铺，现在睡觉要趴在我身上睡，你瞧，我这就成了下铺。"

热水瓶的盖子咚地跳将出来，瓶口像烟囱似的冒着白气，春光走过去捡了盖子，说道："其实这么多年，我内心里一直没有中断写诗，我打了十年腹稿，现在是该写的时候了。"

小朋友拉着爸爸看动画片，春光说："没办法，在家时间大多给小孩支使了。"

我起身告辞，春光拉开门说：" 我不送了啊。"

出了门，我还没等到电梯，门又拉开，春光说："我，我挺好的 ，我真的挺好的，现在感觉踏实。以前，过一天，算一天。"

"我知道，我知道。"

出门抽了一会儿烟，我决定去趟李宏伟家。

别墅区安保系统严密，保安让通话先语音，李宏伟惊奇道："你怎么来了，也不提前打个招呼？"

我不太高兴了，说道："没结婚以前，你上我们家，哪次不是突然冲了过来。”

李宏伟不好意思起来：“这时候，那会儿，能一样吗？”

才进门，小姑娘远远地喊：“叔叔好！”

我倒吓了一跳：“哎呀，有九岁了吧，才两三年没见，这么高了！”

潘承瑶从楼上先露了个脸，踢踢踏踏走下来：“泉哥，你怎么有空过来？”

我调侃着：“下次我过来，先给你们汇报请示下，看看该不该来。哟哟，你们家什么时候置上这么一大套茶具啦，黑檀木的，哎，你们就知道我喜欢这口，都没叫我来喝茶？”

李宏伟忙道：“泉哥，你还不知道，这对于我们来说就是摆设啊，我平时就来一大茶缸子。千万别误会啊，你来我们怎么不欢迎？谁叫你平时也不惦记着我们，也是刚搬到这儿时来过一回吧。”

小姑娘朝着潘承瑶笑：“妈妈，你朝我眨巴眼睛，是想让我不要透露刚才和爸爸吵架的事情吗？”

我笑起来：“来得不巧吧，我说这会儿，你们大战到第几回合了？”

潘承瑶拉着我说：“泉哥，你来了正好，我们女儿钢琴培训班要挑三个人参加比赛，老师说看这阶段表现最后确定名单，这意思还不明显吗？我让李宏伟送红包，他非说要靠小孩子自己实力，你说说这人是不是笨蛋。”

李宏伟笑着：“你看潘承瑶能挑上我这种笨蛋，自己智商是不是存疑，哈哈。”

我赶紧打了个哈哈：“我来不是当公证的，我刚去了春光家。”

李宏伟问："现在他什么情况啊？"

我想了下说："他们家小孩子一边闹腾，没说上几句话。我就想着，过来和你们商量商量，大家一起劝劝，写诗，是年轻时候的事。你要真有这创作冲动，那就写个剧本，写个小说，再不济，写个相声小品也行啊。"

潘承瑶附和着："是啊，现在谁还写文字、看文字？我前几天看00后的情话，忍不住笑——一直下着雨，你住在我的手机黑名单已经三个月零九天了；终于删掉了我们的聊天记录，125MB。以前失恋烧情书点火呛烟费劲，还污染环境，现在可真好，全在手机里。"

李宏伟说："我看呢，春光还写诗，主要原因就是活得太敏感，这是人生的大敌呀。他在一个工厂呆久了，估计是自我封闭了，得好好开导开导他。"

潘承瑶说："那会儿在学校，我们都叫他春光美，我记得这首歌，听起来就像在回忆往事。怎么唱的，让我想想，"她小声唱着，"我们在回忆／回忆那过去／在冬天的山巅／露出春的生机／我们的故事／故事多甜蜜／在春天的好时光／留在我们心里。"

定了个时间，我约春光出来喝茶，李宏伟两口子也来了。见了面一番寒暄后，先扯到了小孩的教育问题，我说："春光你太惯小孩，以后不好管。"

春光低着头说："你们也知道，我们家物质条件不行，我对小孩有歉疚感，总想顺着他点。"

李宏伟坐直了说："这我就不同意了，小孩现在都是顺境，等到了社会上，让社会来教育，就人晚了。你看看，我们家也是这样，娇生惯养，就缺乏挫折教育。"

“不是你带的，空口说白话啊。女孩子和男孩子一样吗？女孩子就需要多称赞，才会有前进的动力。”潘承瑶在旁边说，“李宏伟，我和你说，你就不知道怎么夸人。别人常说，一句话说人笑，一句话说人跳，你知道我为什么同你老吵吗？”

李宏伟说：“好好好，我回头买个赞美机回来，天天负责夸你。”

“你们看看，他这个态度。”潘承瑶一脸愤怒。

春光劝道：“顺其自然好了，我们小时候哪有这些讲究，父母也顾不上，不也长大了？”

我用手肘捅了捅李宏伟，他识趣地咳嗽一声，而后说：“不讲这个了。春光，我们的意思呢，是人活得别太认真了。你看哦，睁一只眼，工作；闭一只眼，睡觉。人这一辈子，也就这么回事。”

我看着春光，说道：“我们也毕业十来年了，正如《金刚经》所说，‘如梦幻泡影，如露亦如电’，这会儿也得承认自己都是很平凡的人。梦想是年轻时候的，到了我们这个年龄，就是想办法让自己活得高兴一点。你以前不是也喜欢钓钓鱼、下下棋吗，这些世俗的快乐也很有意思啊。你看我现在收藏各种茶叶，你现在也喜欢研究茶，那我们可以一起鼓捣鼓捣。”

春光盯着手中杯子，自顾自说道：“阿泉今天带来的茶叶好啊，香气高逸细锐，青、鲜、活、甜，细嗅青草香、兰花香，嗯，还有豆花香。”

“这个写诗，产生不了任何效益啊。就是炒炒股票也好的，现在股市蛮好的，我有几个朋友很会炒的，到时我推荐几只给你。”潘承瑶在一旁说。

春光缩着身子，闷声说：“你们看了我写的诗吗？”

我们几个面面相觑，说道："还可以啦……但文学还是要面对大众的，现在看诗歌的人太少了。"

春光抬起头来，犹犹豫豫地说："我就是想写，从内心需要。写诗并不能改变什么，当我拿起笔，感觉内心被诗歌照亮，感觉这时候的我才是最真实的。"

潘承瑶看向春光，诚恳地说："春光，我们是老朋友了，我就直说了。时代不一样，就说写信吧，过去收信、写信是件很快乐的事情，但现在，什么最快乐？我看是快递，'云中谁寄锦书来'到了现在，应该改作'云中谁寄快递来'。"

"收快递能这么快乐？"春光很诧异。

我翘着腿说道："确实，要搁到现在，杜甫想念李白了，也不用写诗，直接快递几瓶蜀中好酒。汪伦想起李白了，每年春天也会快递一份安徽泾县的涌溪火青。"

大家都笑了。

春光啜着茶，半天无话，把杯中茶叶慢慢吃光了。

过了几天，我收到一份快递。我一看是春光寄过来的，心想：这家伙，总算想好了，不知寄的什么东西。

拆开包装，打开纸箱，空空的，再定睛一看，呆住了，一封信躺在箱底。

计划

明前的碧螺春没有喝到，对于张初来说，这一年的春天就像还没有来过一样。

这么说，不表示张初是个讲究人，不过他凡事都会订好计划，并且严格遵守，这倒是真的。每年订的头道茶必然是苏州西山碧螺春，因为刘思葭曾经提过，西山碧螺春和东山白玉枇杷，是苏州春天双绝。

刘思葭说：“论起苏州碧螺春名气，东山更响，那是上世纪九十年代以前，西山碧螺春须坐轮渡出太湖，运到东山销售。其实西山碧螺春味道更佳，古时和缥缈峰下无碍泉是绝配，好比西湖龙井和虎跑泉水。宋代诗人苏舜钦曾有诗句‘无碍泉香夸绝品，小青茶熟占魁元’（碧螺春，古时称小青茶）。”

自从开始喝茶，张初就说：“三年之内，要有小成。任何行业，快速进入的三要素，无非时间、金钱、精力（投入）。”于是这三年里，看茶书、泡论坛、溜茶馆、约茶会、参加各地茶展占据了他的业余时间。但他每月买茶不超过一千块钱，如同他每天雷打不动的五公里跑步一样，这是他的计划、原则、定律，不能变。

张初啃起《中国茶经》《中国名茶志》《中国茶叶大词典》等专业书籍，学茶有笔记，定时有总结。他根据六大茶类把学茶分别安排在六个时间段，先易后难，把能找到的茶叶都尝了个遍，当然有些茶种已经很难找到。比如黄茶，中国有11种，每一种都不同，但粗枝大叶的黄大茶还很容易找到。也有些茶价格奇高，比如桐木关金骏眉，那就喝江西铅山小种，老班章不好找，就去找找附近的班盆茶样。用张初的话说，有数的。不盲目，不强求，不僭越，一切“按计行事”。

有茶样就拿茶样，没有就少买点试试，再喜欢的茶，张初也是来一两。他说：“我有数的，只想喝明白茶，不当收藏家。把握这条红线，才能喝得逍遥，喝得自在，你看看小马那样，买茶买得那么痛苦，值当吗？”

从来佳茗似佳人，佳人爱佳茗，张初是因为佳人才动了学茶的心思。佳人刘思葭提起怎么喜欢上喝茶时说：“陆放翁诗我独爱这一首：‘世味年来薄似纱，谁令骑马客京华。小楼一夜听春雨，深巷明朝卖杏花。矮纸斜行闲作草，晴窗细乳戏分茶。素衣莫起风尘叹，犹及清明可到家。’小楼一夜听春雨，深巷明朝卖杏花。应该是的，陆游就是喝茶时才想到这样的佳句。”

随后刘思葭又说：“喝陈年岩茶，才知道人生原来还可以如此美好。”

张初知道喝的是大红袍，于是鼓起了勇气，说道：“大红袍这种长在岩石上的红茶，确实蛮好喝的。”

张初终于引起了刘思葭的注意，她看了看他，止不住地笑。他并不知道自己的无知被当成了有趣，这样的目光顿让他心跳如鼓。

小马很早就对茶有奋不顾身的热情，满天下搜罗好茶。小马做什么都是这样一个脾气，他自嘲说：“我后面像是有一个勇字，只能一门心思往前冲。”他沉浸于茶中，接着是沉浸于跟茶有关联的各类茶器——瓷器、陶器、紫砂、建盏、潮州手拉胚壶。后来延伸到各类文玩、佛珠、亚犀、古玉、菩提、南红等。他每个月的工资都要算计着怎么对付上月的信用卡账单，总有大量超出预算的赤字。

张初当初来找小马说要学茶时，小马连连摇头说：“这就是个坑啊，越挖越深，我是栽里头了，你还跟着跳？这茶好与坏相对容易分得清楚，但好与更好之间，或许只有些许差微，需要专业品鉴，肯定要花费大量时间和精力来完成。”

张初说：“有数的，我准备好了，花三年时间学茶。你还不信我？每天跑五公里，本来是你跟我约的，我都坚持几年了，你跑了几回？”

小马说：“可这姑娘能候着你三年？”

张初低下头说：“这个，是另外的计划了。”

学茶第二年，张初拿到一罐慧苑坑的水仙。大家都说，马头岩的肉桂，慧苑坑的水仙，武夷岩茶的上品。张初打电话跟刘思葭说：“有好茶。”

刘思葭电话里笑得欢，说：“我在参加茶会呢，你过来啊。”

这个茶会是在一家私人会所里举办的。会所厅很大，足有100多平米，红花梨木茶桌旁坐着二十几人。那天刘思葭穿的是汉服，远远望去像是仕女画上的人物。她濯器、炽炭、注水、淋壶、筛茶，一丝不苟，把细瓷小杯放在张初桌前，说：“听说你现在在学茶？喝喝看。”

张初端着杯子，手止不住抖，凑鼻闻过来。未待张初开口，刘思葭说道：“真正的好茶，其实香味没那么张扬。常见的兰花香，香气很高，但真正高级的兰花香味，很优雅的，如同好的红酒。”

旁边有人说：“葭葭，你今天坐的可是主人位，快要成女主人了吧。”

“不要瞎讲啊。”刘思葭羞红了脸，她眼角瞟向坐在一侧的年轻男子，说，“你说，今天是不是有点像古时的径山夜宴？”她眉宇间都是盈盈笑意。

那男子高声招呼大家：“这是我们家在武夷山鬼洞订制的水仙，我们跟茶农签了几十年合同，外面是买不到的。”

众人都喝一口，回味一下，赞一句。

张初在边上发半天愣，蜷起手指，再一一掰直，捏了捏口袋里那罐水仙，心想，你还在练级打怪兽，别人早已在那边笑傲江湖了。喝了几杯，他却没了滋味，冷坐着在一边，许久才又端起茶杯，感觉茶是凉的。

张初的三年学茶计划没有任何改变，特别专注于武夷岩茶。到了后面，他能品出岩茶中各种各样的焙火——电焙，炭焙，电炭结合；轻火，中火，中高火，高火，高足火；一次焙足，两次焙足，多次焙足。去年本市茶叶协会组织了一次盲品比赛，张初独占鳌头，准确报出了那几款茶的年份。

这一天，小马找上门，对张初说："江湖救急！哥们，手头还宽裕吗，看中了一套祭红釉高足杯，最多给我留一个礼拜……今年还有两个半月，我有20斤的梅江柑的订单要给订金，一提古树白茶要付钱。我已经把微信里所有卖杯子、南红蜜蜡的好友屏蔽了，可这套杯子，真的是很难得的。"

张初说："我正准备出门呢，上个礼拜看中一套房子，打算今天去付首付呢。"

小马啧啧叹道："好家伙，我这几年都是负债，搞了一屋子茶，你却攒了个房子。人和人，差别怎么就这么大呢。"

"这是我的五年计划啊。这都攒这么久了，也跟父母说过。虽然只是个二居室，但以后也省下租金，自己也算有个家了。"

小马叹口气，说："我现在不得不佩服你的人生规划了。你看我这几年，买茶成了惯性，买，买，买，断不了啊。"

张初神色黯然，说："人和人哪一样啊，别人是闲情雅致，你是全部家当，怎么玩？你看你现在这样子，买的不是茶，都成惯性使然了。"

小马咬着牙，说："你不知道有好茶而不得的痛苦。我就最后一年，明年起，坚决不买茶了。"

张初笑了："我还不知道你吗？今天向明天道歉，这个月向下个月说对不起。你欠谁的债不好，欠茶的？这样吧，你陪我去趟售楼处，交了首付我还能剩点。"

小马嘴也咧起来了："我说嘛，你是有家底的人哪。哎，我和你说，有场老茶拍卖会啊，现在时间还早，离你去的地方顺路，去看看呗。你说你学了这么多茶，这样的机会不去多可惜啊。”

张初拗不过小马，于是与他同去。现场来了好多人，以前一起喝过茶的友人几乎都到了，看来这还是一场本市茶叶圈期待已久的盛事。张初顺着小马提示的方向看去，发现刘思葭也在。张初转头看拍卖的茶品，大多是一些普品，最后压轴的一箱北硿华侨茶厂的陈年乌龙，令人眼前一亮。

张初曾经在厦门茶博会上碰到永春北硿华侨茶厂的总技师王师傅，特意就陈年乌龙请教了好久。他悄悄上前，看箱子上面一面写着“香櫞”（佛手又被称为香櫞），另一面中间写着H401，下面写着1990年。北硿华侨茶厂在计划经济时代是中国乌龙茶的四大基地之一。由于建厂时间最晚，故出口唛号为4（安溪茶厂建厂最早，出口唛号1，漳州茶厂唛号2，建瓯茶厂唛号3，永春茶厂唛号4）。他知道，这箱是1990年出产的佛手（H）永春（4）一级茶（01）。当时有这样的编号，是预备哪个批次出了问题，就可以开箱对样，但这样的情况一般极少发生。这茶近些年已经难以见到了，张初找茶的时候一直想去找一点。

他数了数箱子上的钉子，三根，他心跳加速。当年内销和外销的茶都用一样的箱子，写着一样的字，只有经手的人才能分辨出来。他听王师傅讲过，外销的茶，箱子上钉三根钉子；内销的茶，则会钉四根。这批茶毫无疑问是外销茶，当年的外销茶，都是用的最好的原料。

终于等到最后这箱茶拍卖。

“二百。”有人开玩笑地叫道。

“三千！”张初叫道。

见没人应声，张初忍不住了：“大家都不知道这箱茶的价值吗？”

“五千！”一个懒洋洋的声音。

“是刘思葭男朋友！”小马在旁边说道。

怪不得，大家知道他志在必得，都让着呢，现在刘思葭成了女主人了吗？

“六千！”张初听见自己在喊。

“六万！”那个声音仍然是懒洋洋的！

众人哗然，张初抬起头，看众人挂在嘴角的笑容，不可名状。

刘思葭声音飘过来：“张初，不要了，没意义啊。”

张初已经打算放弃了。对方的挑衅只是针对一个陌生人……可是现在，刘思葭却当众叫出了他的名字！

张初望过去，对方笑意更浓，主持人开始倒数，九、八、七、六……

“十万！”张初叫道。

主持人声音颤了，今天现场要付现金啊，不然被视作弃权。

小马忙在一边拉着：“张初，你不是没带钱出门吗？有没有数啊？”

这肯定超出了他的计划，本就不该到这里来，不该参与这该死的拍卖。可同时心底又涌起对自己的蔑视，你在干嘛？突然又有莫名的欢喜：张初，你是不是一直在期待有这样的一天，有这样的时刻？

张初感觉很恍惚，听着小马在那儿大叫“棒槌”，他翻起包，捏了捏银行卡，走上前去。

茶会

周末，我们六七个人围坐在一起喝罗米带来的茶。罗米侧坐在了高脚凳上，看着我们迫不及待地拆着这饼古树茶。这凳子不知邓掌柜从哪收集来的，平日里放些花卉盆景。罗米一来就瞧上了，他端着杯子，踮着脚够上去，两只脚高低晃荡着。

罗米带来的都是平时不大能见着的好茶。比如前些日子，大家都说没试过国有林高杆，他隔了几日找了一块来。老赵惊讶地说：“哎，我说，这喝一口，也得好几块钱吧。”那一天，我们往肚子里不断灌茶，来回接力跑卫生间。

当然，罗米找茶不是为了我们。话说回来，罗米来这里喝茶，意不在茶。

大家端起杯子。小马先开了口：“这个茶，感觉喝不出来啊。上次我们喝过的古树，一入口，那个饱和度啊，那个层次感……”

罗米转过眼来盯着小马，一字一句地说：“这可是订制的古树，单株！这年头没有红叶子，都不好意思叫国有林茶。”

老赵说：“要说香味呢，确实不突出。”

罗米的眼神从小马身上转移到老赵那里。老赵欠身说：“这只是代表个人的意见。不过呢，这个茶里有味，怎么说呢，茶水结合得还行。”

张初旁边说道：“好茶确实不是特别香，像高山茶，香在内里，不是闻着香，要有回味才好。邓掌柜，你也说说，别光顾着泡茶啊。”

邓掌柜啜着茶，细声细语道：“有的茶，一下子会让我们喝明白，茶气充沛，间有花香或果香，鲜醇浓爽。这样的茶呢，是好茶，茶叶香气和滋味容易出来，大家都会喜欢。但顶级的古树普洱，茶汤醇厚顺滑，香气内敛，是需要回味的。”

罗米双手手指交叉，垫向后脑勺，说道：“还是邓掌柜识货。”

随后他又瞅着没有开口的人，说：“阿泉，你文化人，有什么高见？”

我听小黄提过，有次我人不在，罗米说：“别看阿泉蔫不拉几，平时不大做声，但肚子里活泛的。蹭茶就直说啊，总是说拿点茶样回去对比下，研究下……”

我沉吟道：“从严格意义上来说……”

罗米不耐烦地打断我：“那就不严格吧。”

我咳了几声，说：“这个茶，怎么说好呢，丝丝从齿缝间流出的茶韵，仿佛绷紧着的小宇宙，慢慢地爆发。初春陌上花开，可缓缓归矣。要说香气呢，是要在茶汤中细细品味才感觉得到。我们接触到的顶级茶都有这种感受，比如大禹岭茶，在台湾乌龙中香气很内敛，但厚度、体感更好。”

老赵在一旁酸我：“哎哟喂，我说，阿泉成审评专家了。”

罗米点头说：“阿泉还是有两把刷子的，怪不得紫乔老提你。”

我没接话，低下头看手机，看到紫乔在微信群里发了张自拍照，表示为茶会特意穿了新衣服，一直在说：“有人夸吗？在线等，挺急的……”

这次罗米带来了纯料古树单株，罗米电话里说，今天不到就是不给他面子。为了这款好茶，也为了照顾他的面子，大家都来了。

到了茶馆，大家才算明白怎么回事。老赵说：“没关系的，紫乔人大大方方的，不会给你难堪的。”

小马咧着嘴说：“第一次我就看出来了，你是装作来喝茶。”

这会儿，罗米晃着脚问：“各位，今天这样做，会不会搞得下不了台？”

老赵干笑着说：“罗公子，你这是问了第几遍了？”

小马叫起来：“这款茶，我喝出来了！邓掌柜说的没错，越喝感觉后韵越佳，最突出的地方是其饱满醇厚的汤感，以及深长的韵味。”

老赵手指笃笃笃扣着桌面说：“哎，我说，小马，你是不是老被你领导骂？”

小马抓抓头反问道：“这你都知道？”

老赵翘起手指说：“为什么你总是后知后觉，不合时宜？”

罗米盯着手机大声说：“紫乔说就到了！等会儿帮我支着啊。”罗米跳下了高脚凳，坐到茶桌一侧，示意小马坐到另一边，空出个位置来。小马不情不愿地挪了过去，坐了半边屁股，小指交叉在小腹上，身体仰摊，双腿叉开来。

紫乔刚到茶馆门口，笑声炸了过来，她的笑，一口气不停，“哈哈哈”，像热锅上炒的蚕豆，活蹦乱跳。受她笑声影响，身边人也会止不住声。她嚷嚷着：“今天太阳实在太舒服啦，在阳台上要睡着了，咦，各位今天怎么来得这么全？”

随紫乔一起的还有一个人，宋祥，她的同事，他跟着来过几回，说要跟着学茶。

宋祥第一次参加茶会的时候，紫乔就拿他开涮：“这小弟弟，非要跟着来看怎么品茶。上次听说姐姐我喜欢喝茶，给我们带饮料时，他就专门给我买了两瓶茶，什么茶？哈哈哈……一瓶冰红茶，一瓶冰绿茶，还问我，喜欢红茶还是绿茶，哈哈哈哈……”

宋祥听着脸马上就红了。这年头，脸红的男生可真不多。

紫乔见状笑得更欢了，还边笑边说：“别脸红啊，宋祥，这样子，怎么找女朋友？”

紫乔走过来，罗米站起身，示意边上有空位置，紫乔让宋祥坐过去，边上小马把腿伸了回来，并说：“小姐姐快来坐。”

紫乔顺着坐下，直说：“抱歉，晚到了一点，阳光压住我的被子，我没法起床啊。天气这么好，找个院子晒太阳最惬意。对了，对了，我又控制不了我自己了。我有没说过？老挝有个城市叫琅勃拉邦，特别美，那是我去过的所有地方中让我感到最安逸的。”

罗米凑过来说：“小马块头大，你坐那边舒服吗，要不换我这边来？”

紫乔笑道：“罗公子啊，自从知道你是土豪，感觉聊天好有压力。我就怕坐你边上，担心别人以为我想傍大款。”

罗米接不上话，讪讪地笑。

紫乔又是哈哈一阵大笑：“其实呢，我心里真的这样想的。但怕被别人看出来，这可如何是好？”

邓掌柜把紫乔杯子找过来，笑着说：“光顾着说话，现在有空喝茶吗？”

老茶客在这都存有自用的杯子，紫乔用的是手绘山水梅子青品杯。紫乔从随身带来的袋子里拿出个饼干盒子，边打开边说：“好消息，好消息，江南皮革城倒闭了，不是不是啊，好消息好消息，我做的手工曲奇，大家尝尝，可是昨天试做的。咦，话说今天有什么好茶，怎么都来了？”

老赵说：“罗米带来的好茶。”

罗米忙点头说：“这一款可是古树茶，有好几百年了。”

小马舔着饼干说：“你不是说有上千年了吗？”

老赵觑了小马一眼，看他正拿着曲奇饼干，就说：“哎，我说，吃你的。”

紫乔端正身子，静坐喝茶，一会说道：“好茶啊，感觉茶汤在口腔内跳舞，很奇妙的感觉。”紫乔眼睛眯起来，连带着翘起的鼻尖跟着纵起折纹。罗米呆呆地看着。

大家都笑。老赵感叹：“女孩子感觉就是比较细腻。”

“喝着这茶，我感觉自己就像一只小螃蟹，一边吹着清凉的海风，一边嘴里吐着泡泡，在沙滩上静静欣赏着落日的余晖。”说着，紫乔给大家分吃曲奇饼干，“这是我和我妈一起做的，要是觉着好吃的，就是我做的，吃着不好吃的，肯定是我妈的手艺，哈哈哈……”

小马看罗米端着茶杯在手凝神，手架在他耳朵边：“喂，罗公子！”

罗米醒了神，没好气地说：“干吗？吃饼干？吃你的去。”

宋祥一旁赞叹：“味道真好！”

罗米急忙说：“我说这可是绝对纯料的古树茶，我朋友说，一棵古树单采，只做了三饼。”

宋祥脸又红了，并说：“我说的是紫乔带来的曲奇饼干。”

罗米一小口一小口地细啜，终于把杯子中的茶喝完，舔舔嘴唇，唤着：“紫——乔。”

宋祥扯了对面紫乔袖子说：“叫你呢。”

“啊，罗公子？”紫乔探过身。

罗米再把手中杯子端起，空“喝”了一口，说：“我说，紫乔，我有个朋友，就在你们那栋楼上班，经常在电梯口看到你。怎么说呢，看见你很紧张。”

紫乔哈哈笑着：“难不成我是怪兽，看见我害怕？”

罗米搓着手说：“就是——很喜欢你，非常的。要说吧，我这朋友人长得不错，家境也还行，可就一直不敢表白。他知道你喜欢旅游，经常在网上写游记，他天天去看；知道到你喜欢茶，也就很关注茶，本来他对茶一点兴趣都没有。你看这几次我带的茶叶，都是他花了力气找来的，其实都是你微博里提到的。这么说吧，他对你，可是百分之百的认真，就像今天这款古树茶，绝对是百分之百的纯料……”

小马叫道：“哎呀，罗公子，你和紫乔说话，盯着我干嘛？要我说，你不可能买到百分之百的纯古树，这概率可能是零！”

“小马，怎么这么绝对？”紫乔很诧异。

“你了解制茶的过程就知道了。真要百分之百古树原料，或者茶地属于你自己的，或者你包下茶地再自己去采。” 小马跷起腿来，“凡是请人采鲜叶，你不可能在旁边看着，都不可能百分之百保证，现在大多数人都是收购毛茶的吧，特别是那些名山古树茶，价格这么高，别人为了多赚一点，在鲜叶阶段就可能混进其他料。”

罗米一听，着急了，辩解道：“这可是我朋友亲自去云南寨子收的料，在那边厂里看着加工的。”

小马不紧不慢地说：“收购的鲜叶不能保证百分百，放到代加工厂里，更加不能保证百分百。就算你找到一个最厚道的加工厂帮你代工，放在地上匀堆的时候就有可能混入上一堆的茶，压茶时，布袋里也有可能残留一些上一批加工的茶叶。还有，我可听说某些茶厂就以换料为营利手段呢。”

老赵顺着小马的话说：“这世上哪有百分之百的东西。你就说一男的吧，对一女的一辈子始终如一，我就没看到过，这男的觉得这个不错，是因为没有看到更好的。哎呀，失口，失口。”

宋祥突然开了口：“我觉得在某一特定时期，特定瞬间，还是会存在百分之百这个东西的。村上春树不是写过一篇文章《遇到百分百女孩》吗？”

这时电话响了，紫乔接起，向外走去。

罗米叫着：“哎呀，我说你们几个，是拆台不是？”

老赵忙说：“哎，我说，是小马岔的话好不好。”

小马分辩着：“我也没往男女问题上扯啊。”

邓掌柜指指我们：“瞧瞧，你们真是‘没茶色’（事情做得不漂亮）。”

过一会儿，紫乔走回来，歉意地笑笑：“罗米，你继续说你那朋友吧。”

罗米手撑着头问：“我刚说到哪儿了？”

紫乔大笑：“哇哈哈，你再找下感情喷发点吧。”

罗米转身看向窗外，叫道：“来了，来了！”

店里走进来了一位姑娘，手上捧着一大捧花，好大的花束，都盖住了姑娘的脸。大家定睛一看，人花相映，大家都呆住了，再定睛看，居然是上百朵红色的茶花。

姑娘问：“哪位是紫乔？”

紫乔站起身，笑道：“这整的动静还挺大。”姑娘错手把花束握柄给她，紫乔双手吃力地捧了起来。

小马说：“送茶花，有新意啊，此处应有掌声啊！”

看着那姑娘，小马带头鼓起掌来，送花姑娘转身走了，小马说道：“我去送送。”便跟着出去了。

紫乔看着罗米，说：“这是你那朋友送的？”

“是，是，是……”罗米开始有些口吃了。

“这就是你送的吧。”

罗米手心滋出汗，嚅了嚅嘴：“我，不是，是，不是！”

“谢了啊，这是向我表白来着？”紫乔先是一阵哈哈哈大笑，而后把花放到一边，说道，“这束花，要花好多钱啊，好重啊，就一会儿，捧不动了。”

邓掌柜在一旁打圆场："你这姑娘，到底是留灯还是灭了。给个意见呗。"

我也凑趣说着："给别人点时间考虑考虑，现在应该进入广告时间，电视上是这个节奏吧？"

大家都附和着笑。

紫乔想了一会，说："你看看，这事整的，我想想啊，那罗公子，要不我们先出去吧。"

罗米木木地向外走。老赵叫道："罗公子，你的包。"罗米惊慌失措回转身，拿起挎包。

邓掌柜门口喊："紫乔，你这花？"

紫乔回头说："掌柜的，这拿得出去吗？就放在茶叶店门口，就当广告招牌呢。"

邓掌柜笑道："好啊，你这算是借花献佛吗？"

两人前后脚出门，开车走了，大家三言两语说着。

"你说这事是不是成了？"

"年轻人的事，我是不懂了。"

"紫乔没有拒绝，估计多半是心里愿意的吧。"

"我看紫乔是不想当面拒绝，给别人台阶下吧。"

"紫乔有一说一的，不愿意就不会一起出门了。"

宋祥嘴嚅动着，想说什么，终究没再出声。

小马撞门回来了，张初问："我说你，出去有没有要到电话号码？"

小马嘿嘿笑着，眉目生动唱起来："就不告诉你——就不告诉你。"

众人冷坐了一会儿，纷纷起身离去。宋祥抢着收拾茶杯，说还想呆会儿，跟邓掌柜请教一些茶叶知识。

宋祥走进后面的厨房间，打开水龙头，水哗哗地下到池子里。从一大堆杯子里，他翻出紫乔的青瓷杯，他轻轻举起来，用嘴唇贴着杯口，一直就这样举着。

这时，如果有人从门外看过来，是一个举杯喝茶的静止动作。

茶醉

在茶馆里坐着，图的是自在，闲坐、闲聊，碰着熟悉的，点点头，算是打招呼了。

这天晚上“飘”进来一人，小马抬头一看：“呦，孙老板。”我瞧了一眼，这位浓墨登场啊。

邓掌柜招呼着：“孙老板，今天东风把您吹来了？”

来人嘿嘿笑，四下里张望着，问：“陶老师没在？”

话音未落，门推开了，陶老师叼着烟

斗进来，小马嚷起来：“曹操到！”

孙老板挤着步子，候上去招呼。陶老师笑起来：“小孙，我还以为你置了气，不来了。”陶老师脱了风衣，孙老板接过挂在衣架上。

陶老师走几步，望回去：“哎，小孙啊，我那衣服你只给挂了半边，斜着呢。”孙老板忙转身，扯过风衣，又挂了一遍。

孙老板候着陶老师一边坐，忙着说：“陶老师，你知道哥德堡号沉船吧，瑞典那个。”

陶老师朗声说道：“没记错的话，是1745年的哥德堡号，满载中国货物回国，快到瑞典时在海上沉没。近年呢，考古学家发掘了一批完好的瓷器。”

孙老板大声回应：“要不怎么说陶老师文化深呢。我今天带的这茶，就是当年哥德堡号装在小瓷罐里的茶叶，这都200多年了。”

茶馆里的人循声都看过去，小马拎了腿上前：“我说呢，孙老板今天这一身汉服，这喝茶是越来越讲究了。”

孙老板咳嗽几声，清清嗓子：“以前我这不是不懂茶吗，陶老师知道的，我就是纯粹喜欢、爱好，不过才疏学浅，最近几个月呢，我都在专业茶艺培训机构培训。今天穿这身来，是因为带了这么久历史的老茶，想着也该穿件有历史的衣服，是不是？”

邓掌柜边上问：“这茶叶从哪儿找的，可不可靠？”

孙老板从汉服里掏出手来，抖抖衣袖道：“来路不敢保证的话，到邓掌柜这来岂不是自己打脸？陶老师在，什么茶喝不出？”

陶老师谦虚地说：“不敢，不敢。”

孙老板打开布包，里面器具挺齐全，都分装在棉包里。他自己铺开茶席，放上紫砂壶和整套茶具，摆了花插，燃上茶香，最后从包袱里拿出一个锡罐，慢慢旋开，掏出个纸包。这时茶馆众人都围了过来，看孙老板分了这好几层锡纸，终于见到一点茶叶，色泽灰黑，只有四五克的样子。

有人上前调笑："这200多年的茶，看上去跟家里的老咸菜差不多啊。"

孙老板狠狠瞪了这人一眼，正色说道："茶吸天地至清之气，采草木万千菁华，泡这等陈年好茶，请止语。"

众人收了气息。孙老板脸色凝重，动作一丝不苟，慢慢将茶叶抖落到紫砂壶里。

陶老师说："小孙啊，看你这架势，确实不一样了。"

孙老板合掌说道："泡茶须盛神养志，虚静抱怀，神游于喧嚣世俗之外，心随万物沉浮于生长之门，如此才自然合道。"

邓掌柜端了电水壶过来，孙老板忙道："这可不行，榄炭红炉瀹香茗，邓掌柜，门口不是有手工潮州炉吗，加橄榄炭，再用老陶壶，泉水是没现成的，将就用矿泉水吧。"

"这可要费些时间。"邓掌柜搓手说。

"不在乎这一会儿，这茶都等了两百年了。"说着孙老板摘下手串，垂下头，微闭眼，开始盘起核桃。

小马赞道："孙老板，这核桃很油润了，盘了好些日子了吧。"

孙老板没抬头。小马自讨了没趣，见众人都低下头翻看手机，唯有陶老师又拿起烟斗，便问："您这烟味怎么这么香？"

"公众场合嘛，我这抽的是调味草。"陶老师回答。

小马没懂，也不好再问，嗯了一声。

我招呼小马去卫生间，问道："这个孙老板是什么来头，看着二十来岁的样子。"

"他？开小餐馆的，娃娃脸，上三十了吧。" 小马一脸不屑。

"看他这样子，好像对茶倒蛮热心的。"

小马笑笑，"十三点兮兮的（吴语，以形容轻浮或言行不合常理的人）。以前常来的，看那些茶书入了迷，跟着陶老师问这问那。陶老师烦他，有一回就戏他，说茶叶除了观茶形，闻其香，饮其味外，还有一个重要参考依据是茶叶进入人体内循环后的表现，好的茶叶，排出后有尿香味。"

"他真的去闻尿味了？"

小马乐不可支："就说他二呢，当时就在你这儿，我方便时他就在边上闻，说尿果然有茶气，还带点菌子香，还问我有没闻到？你说他是不是挺憨的。陶老师后来说是跟开他玩笑。他一本正经地坚持，'我操，我真从尿中闻出茶香味了，不骗你们。'"

陶老师说："茶现在成了一种休闲的生活方式，一种文化。小孙，要当茶人，就要有基本的文化素养，你这说话方式就有问题，'我操'是粗话，'我靠'就是日常用语，'哇塞'变成嬉皮式语言，罗大佑都写在歌词里头了。其实都是一个意思。"

这孙老板被陶老师说得摸不清状况，自那以后，有些日子没来了。

水终于煮开了。小孙泡茶，招呼大家喝，一招一式，看着挺像那么回事。

我也拿了一杯，喝上几口，相顾左右，见大家都看着陶老师。

陶老师沉吟片刻，开口说："这个茶，我也不好说。年代久一点的陈茶，我只喝到过生产队时期的水仙。要说这个茶，有陈茶所有的那种沉香凝韵，确实是道不错的茶，你们大家也说说看呢。"

孙老板满脸得意，招呼大家继续喝茶，这个茶叶非常耐泡，20泡过后，茶味犹在。他连声说："这可是200多年前的茶啊，一辈子难得见，你们多品品啊。"

看孙老板兴致高，大家说话也就随意了。有人问道："孙老板，你这餐馆这时候还营业的，怎么有空出门？"

孙老板笑笑："有厨师看着啊。厨师兼伙计。"

这人赞道："你这挑人有眼光，一人两份工，一份钱。"

孙老板甩甩衣袖："这些俗事没什么好说，喝茶喝茶！我同你们讲，水的泡法也很讲究的，静水和活水泡出来的茶就有不同。"他拿起水壶示意，壶嘴微倾状，让水流顺着壶边沿平滑流入杯内；然后拎起水壶，直注进水杯，水流落杯呈水珠状态，在茶杯里面上下翻滚激荡。

众人纷纷道，这个说法倒是第一次听说。成为关注的焦点，孙老板兴致盎然，继续说道："同样的水，流入、注入这两种不同的倒水方式，可以呈现不同的茶汤。"

见大家都盯着，他声调高了："看到了吧，其实还有一种，这样旋入，用手腕之力，顺时针晃动，就像画个小圆，要快要轻，这个刚开始很难，但多练练，就会熟能生巧。"

有人上前请教，孙老板涨红了脸："我最近又小有研究，不同手劲倒水也可以改变茶质……"

陶老师一旁打断："小孙，你说说看，这茶，你喝了是什么感受？”

孙老板端坐下，持一杯茶，喝一口，啜一会儿，说：“我老师常说，恬和温粹，寂然淡明。光彩内敛，心中常足。喝了这款茶，我能领会到这层意境。”

陶老师笑说道：“这样说，喝茶还真能养活一团春意思 。”

孙老板愣了一阵，低下头拿手机翻看，过一会儿抬头说：“这是曾国藩先生的话吧。是的，喝茶能产生春意浓浓的感觉，你看我这晚饭都没吃，现在好多杯茶下肚，肚子快空了，但人感觉精神特别好。”

陶老师说：“小孙啊，爱喝茶是好事，闲时喝茶图的就是轻松自在。如果喝得太累，就有违喝茶初衷了。”

小马脚跷着累了，换了另一只，看孙老板一直端坐不动，抢过说：“孙老板喝得一点都不累，他坐这快两个小时了，稳如泰山，练得好定力啊。”

孙老板连连摆手：“这需要练习？这等好茶，不要浪费啊，再喝喝。”他拿起杯盖，泡茶的手一直在抖，他惊疑道：“怎么手软绵绵的，感觉一点力气也没有？”

众人说，坐久了吧，起来动动吧。

孙老板站起，往外跨一步，却踩了空，他跌坐在椅子上，叫道：“头好晕，怎么觉得脑袋里全是棉花。”

陶老师问：“胸口也发闷吧？”

孙老板忙说：“是啊，心跳感觉一会儿好快，一会儿又慢，奇怪了，以前从没有过。现在感觉自己很飘，刚才这一下，好像从高空坠落。”

邓掌柜吩咐伙计泡点糖水端过来，朝众人说：“小孙醉茶了。没吃晚饭，还喝这么多茶。”

糖水端了上来，邓掌柜吩咐伙计用勺子喂几口给小孙，又拿了些饼干过来。小孙喝了整碗糖水，坐下缓了一会儿，说能动了。这时，都快十点了，邓掌柜问了小孙住的地址，朝我说："他住月季路，你和小马也是钟楼区吧，等会儿开车顺道送下吧。"

推脱不了，我让小马几个扶着孙老板，把他架到了车上。陶老师帮着收拾他带来的茶具茶器，放到车子后备箱，走过来问："没事吧。"

小孙有气无力道："陶老师，不好意思啊，你说说，我现在，跟以前比，是不是进步了？"

我和小马架着孙老板走进兴隆食府。这还是上世纪九十年代盖的拆迁安置房，一楼的朝外打通，做成一个30平米的小门面，小饭馆内后门走进去就是住所。

饭馆里坐着一位老太太，头发已经花白了，见了忙问："怎么回事？"

我们一时说不清楚事由，支支吾吾的，老太太前头领路，我们架着孙老板，把他安置到床上。老太太给他盖好被子，一脸怒色，质问起我们，她的孙子怎么喝酒醉成这样，从来没有过的。

孙老板在床上抢着说："我是茶喝多了，他们帮忙送回家的。"

老太太连声说抱歉，孙老板又交代："奶奶，和他们不要乱说话啊。"

走到外间，我和小马告辞，老太太执意留我们吃碗小馄饨再走，说刚才实在不好意思。

一会儿，老太太烧了炉子，过来和我们说话，问起来是从茶馆过来。老太太说："我这孙子，这小人有头脑的，不会去跟别人乱搞的。他爸爸去得早，妈妈也跟了人，从小就是我带他，他就是好玩，没常性，干什么工作都做不长。现在都过了30岁，人会定定心，想着有个长久的生计，就在自家房子这儿弄个小餐馆。”

说起茶叶，老太太伸手过来：“我好多年每年春天都帮别人采茶叶，要采个把月呢。”她食指和拇指间是黑色的一道老茧，分明是茶碱染黑的。

“我孙子欢喜茶叶，这也不是坏事吧。”

我忙说：“不是坏事。”

小马问：“这餐馆平时就你们两人？”

老太太说：“是啊，就我和孙子，女儿周末空了也来帮帮忙。”

锅里水开了，老太太出去把馄饨下到锅里。等了几分钟，端了两碗上来。佐料一应俱全，汤里飘着一层虾米，好香。

老太太递了勺子过来，低声说：“你们是他的朋友，平时也帮我劝劝。有钱没钱一样过，但不要一门心事对着茶叶，看着有对劲的姑娘，也谈谈。我一大把年纪，现在还能动动，我能帮他带几年小孩的。你们说，老人一辈子为的什么？你们父母也是这样，是不是？”

我和小马支吾着答应，不便开口说和小孙其实还不熟。

小马叫起来：“馄饨好好吃！”

馄饨很烫，我吹着吃了好几个，确实好吃，跟小时候吃过的味道一样。

老太太笑了：“我这些料都是实料，周边的人都说好吃，有人每天早上都要来的。”

小马赞道：“那你这儿生意肯定特别好，估计都忙不过来的。”

老太太叹口气说：“我这大多都是住在附近的老人，年轻人太忙了，早上起来都没时间坐下来吃早饭，还是边上馒头、烧饼的生意好，那个方便，一拿就走。”

小马接过话茬：“可以在网络上卖啊！现在就流行网络送餐，而且有人专门帮你送餐，你只需要在店里准备好就行了。”

老太太说：“这倒是好事情，具体怎么弄法？”

我想了想，说：“这简单的，只要在网上联系联系，你让小孙弄弄吧。”

两人吃完告辞，老太太说：“你们刚才说这事挺好，现在记性差，生怕回头忘记了。”她要我们留个电话，我就留了张自己名片。

“再来啊。”

“一定会再来，冲着这么好吃的馄饨也要来。”

第二天下午，我正忙着，有一个陌生来电，估摸着又是贷款、卖房、股票投资这样的推销电话，就没接。这个号码又连着呼了两遍，我接了，是小孙的奶奶。我惊讶地问：“有什么事吗？”

电话那头，老人家有点迟疑，说：“昨天你们走了，我想了一夜，没睡好。之前也听别人说了，现在大家都是网络订餐，上餐馆的人越来越少。我也想让人通过网络在自己店里订餐，但是我不懂电脑，不知道怎么弄。”她想请教下我，看看怎么学着操作。

我顺口问道：“小孙呢？”

“他有正事，在上茶艺课。”

传统

老郭打电话给我："我来了个台湾亲戚，要去武夷山一趟，你一道去看看啊。"

不等我应声，他又继续说："我这帮朋友，就你最懂茶，我这个台湾老表是个茶农，你千万要有空，我招呼不过来。"

我和老郭碰面，也见到了那个台湾人。这人姓刘，四十来岁，矮矮胖胖，客气得让人拘谨。这都不足为奇，让我惊奇的是，刘先生的话里有地道的常州口音，有些语音、词汇，让人熟悉又陌生。

刘先生解释："我在台湾，少时和父母对话是常州话，与旁人是说闽南话，在学校又说国语。经过这么多年各种语系的侵扰和混淆，很多发音自己都觉得不对。"

三人聊了几句，话题就转到茶叶上。刘先生讲起台湾茶，提到林馥泉，说："我父亲就是他的授业弟子。"

我很惊讶，老郭不知道我为何有如此表现，问："是谁？"

"林馥泉是当年和吴觉农、庄晚芳、陈椽一起，开创中国近代茶叶的老一辈茶人。说起武夷岩茶，林馥泉先生是通过实地调研、形成理论体系的第一人，解放前他去了台湾，后来内地没有出过他的专著，所以少有人知道。"

刘先生有些吃惊："想不到现在还有人记得他。"

我忙说道："林馥泉先生是武夷岩茶发展的重要人物啊，他那时候写的书，现在仍然很有指导意义。我学习岩茶，就在网上搜了很多他的资料。"

刘先生笑着说："表弟果然找对了人。这次回来，我主要是想看看武夷山的茶，师公1945年去台湾后，一直到去世前都想再回来看看。"

"刘先生此行，应该会会武夷山老一辈茶人啊，要不，我来联系看看？"我说。

刘先生连连摆手："我们就去看看武夷山，听说武夷山水土好啊，插根扁担，就能长出竹子。这次麻烦你，真是不好意思啊。"

刘先生带了些台湾的文山包种来，说是他自己种植、加工制作的。我兴趣盎然，喝了几口，连声说茶汤有厚度，确实是有机茶园的好茶。

刘先生赞许地看了看我，问："大陆的人怎么说好茶呢？"

我想了下，说："好茶个人心头有标准，但一般说来，就是齿颊留香，唇舌生津吧。"

刘先生叹道："现在大陆喝茶也越来越讲究啦，现在是身体告诉我茶叶好坏，有机生长的茶，吸收自然精华。这些茶都是硬邦邦的，经过用心制作，跟你的气息是通透的，喝着就很舒服。"

我点头称是："生态、健康的茶，就相当于新鲜的食材，虽然烹饪工艺有高低，但再怎么做味道都好。可惜啊，现在国内农产品问题太严重了，茶叶也不能独善其身啊。"

我当下计划了行程，安顿好刘先生。回头来，我问老郭："怎么凭空出来一个台湾亲戚？"

老郭解释道："我姨家那头的，他管我姨夫叫表舅，我姨夫去世几年了，现在和我表哥们的关系是三代以外了吧。按照我们现在社会上的亲戚关系，是不往来的。见了面，双方都道，来晚了。刘先生没见到我姨夫，说来晚了。但我老表有另外的意思，'如果八九十年代，那就是海外关系啊，不说别的，当年谈对象的起点就不一样啦'。哈，这是我老表私下里说的，原话。"

"怎么还让你来招待啊？"

老郭拿了根烟出来，往桌上敲着说："这个刘先生，要说常州他们老家应该没什么亲戚了，不然也不会竿子打到我姨家去。不知道是不是过来找项目投资什么来的，反正我单位里事不多，就跟着看看。不过，你说这刘先生是有钱人吗？看着，不太像。"

我笑道："这就是你电话里说的什么机会？"

老郭拍拍我肩膀："老朋友了，知根知底的，现在谁会出来白做事情，总有点想头嘛。”

翌日，三人坐了动车到武夷山，直奔三姑景区。上了山，刘先生脚步快起来，老郭后面直喊慢点。刘先生回头说：“抱歉，我是习惯走山路的，在台湾，我一天不去趟茶山转转，心里不踏实。”

老郭问：“在台湾，不都是机械化操作了吗？”

刘先生转身道：“一个茶字，人在草木间，茶，不是凭空长出来的。”

一路经过茶园，刘先生都走上去，用脚踩茶园的土壤，再踢踢茶树，然后轻轻摇头。老郭见此情景，说：“老表啊，小心弄脏鞋了。”

老郭一路喊累，经过景区茶庄，要坐下来喝茶，我忙劝道：“这里的茶叶哪能喝？这里卖的茶和产的茶可划不上关系。”

老郭指着对面一大片平整的茶园高声说：“看看，这边的茶山多漂亮。”

我摇着头说：“一簇簇，一丛丛，满山都是茶叶，看上去好看，其实这些茶肯定不能做到有机生产，这样的密度，没有化肥、农药是很难管理。你看的都这么整齐，是茶园修剪过后，形成平整匀齐的采摘面，准备机器采制的，否则，采摘下来的鲜叶，长短不齐，难以制作。”

刘先生惊奇道：“你对茶园很了解吗？”

我请教他：“茶园里踩踩土，踢踢树是何道理？”

“有机茶园的土壤，富含有机质，脚踩上去一般是松软的。你看现在多数土壤都是板结的，这是长期使用化肥、农药、除草剂，有机质少的缘故。用脚踢了踢茶树，是看有没有小绿叶蝉飞起。小绿叶蝉是茶园最主要的害虫，如果有小绿叶蝉，能看得出来茶树没有喷洒农药。”

一路说着下山，朋友华生早在景区外候着。我向他介绍了刘先生和老郭，并转身对他们说：“华生是土生土长的武夷山人，自己种茶、卖茶。刘先生要了解武夷山茶叶，向他咨询再合适不过了。”

刘先生很快就开始向华生咨询武夷山的茶园管理情况。

“现在在武夷山，茶园打药和喷除草剂还是常见的，当然春茶用得少。他们现在的问题是成本太高，主要是人工成本，也就是采工成本。一斤正岩茶，仅仅是采工工资，就要三四百元，甚至更多。夏茶和秋茶，不是不做，虽然也担心影响第二年春茶的品质，但更担心的是成本高，做了也卖不出去。”华生实话实说，“闽南有些地方的乌龙茶，现在还是老传统，一年要做五季。”

老郭惊问：“一年哪有五季？”

华生解释道：“冬茶除了冬片，还做一季雪片。”

刘先生听了直摇头，说：“茶山不停地采，茶质只能在下降啊。”

刘先生又问：“现在能不能做到手工除草？”

华生连连摇头说：“光是采茶工工资已经够受的了，再来除草工工资，那一斤茶得卖到多少钱啊？还是今年采茶的事，发现采的茶青每次送下山都分量不对，于是我悄悄跟着雇的挑茶工下山，发现他们为了减轻茶青重量，在半山路上往一个水池里倒掉了一些。我跟过去一看，惊呆了，那个池子里茶青堆满了，原来不是他一家，几乎所有请过来的挑茶工都这么干……”

“我这当笑话讲了，但想起来就心痛啊，都是辛辛苦苦采的鲜叶。现在的人哪里跟你讲什么诚信，我们这么实诚的人只能挣点辛苦钱了。”华生苦笑着说。

之后，华生一定要我们去他家里吃饭，刘先生一再推辞。华生坚持说：“我跟阿泉是老朋友了，我来之前已经在准备了。刘先生，我爷爷80了，刚跟您说的林先生的事情，他兴许知道。”

一行人随华生去他们村子。时值九月，茶农都在焙火，满村都飘着茶香味。三人屋里坐着，一位老人家颤巍巍拄拐而来，华生跟着后面喊着：“爷爷，你慢点。”

老人家向我们说了一句什么，神情有些激动。刘先生站起来，90度躬身行礼，用闽南语快速回话。两人热热闹闹说了好一阵子。

华生听了一会儿，在旁边给我和老郭做翻译：“我爷爷问他，是不是以前林镇长的后人？林镇长就是林馥泉，他以前在这儿做老师，后来还当过镇长。他去台湾之前，我们全镇人都去相送，林镇长眼睛通红，朝大家不断挥手，高声说着：‘不用送，不用送，我还回来的。’”

“我爷爷还说，林镇长就住在我家不远处，小时候经常能见到他的，和和气气的一个人。林镇长经常在武夷山上试验种植茶叶，从山上下来时，总带些野柿子之类的果子下来，分给村里小孩吃。”

华生去里屋翻出来个箱子，是他爷爷珍藏的陈年茶叶，还是集体经济时期统购统销的。爷爷吩咐他：“今天贵客来了，这个要拿出来喝。”

华生烧开水，老爷子亲自坐在茶桌上泡工夫茶。

刘先生赞叹着："这些茶都是硬邦邦的。"

老郭悄悄与我说："茶叶蛮好的啊，喝着有沧桑历史感啊。"

饭桌上酒喝多了，话也多了。老爷子高声说道："林镇长那代人，是武夷山的一代功臣啊。"

刘先生叹道："他们那代人，国运负身，心怀茶叶救国之志啊，前辈风范，山高水长。可惜了啊，现在中国茶叶还是像上世纪三四十年代那样，外销萎靡。"

老郭脸红了，拉长脖子问："老表啊，你这一趟，到底是干嘛来了？"

刘先生正色说："我是想寻个好茶园。我在台湾的茶叶现在经营得还不错，每年有固定销路。但看看现在咱们这样一个传统的茶叶大国，茶叶出口远低于印度、斯里兰卡，我打算效仿师公当年啊，看着能不能再搞一批无公害的茶叶庄园，走出一条外销之路。"

华生问："你想找什么样的茶园呢？"

刘先生停了一会儿，悠然说道："海拔高，雾气浓重，水分涵养好。周围均为原生的大树，树下为小灌木，灌木下苔藓地衣，一切原生态都保存完好，茶叶种植和发芽密度都不高。周围树林的落叶和茶园里的杂草，可以为茶园提供较为充足的养分，这种'嵌入式'的茶园，就是我要找的茶园。"

华生回头问爷爷："我们这里有这样的茶园吗？"

老爷子喟然叹道："几十年前的茶园都是刘先生所说的这样，现在树都砍掉了，能种茶的地方都种茶。唉，可惜了。现在哪里还有这样的茶园。"

刘先生应声道："有！我在台湾的茶园，就是师公当年选的。他曾经说，茶叶品质之优异，除原树种品种良好之根本条件外，天然环境之优越，于培植之能得法，采制之能合理，三者不可一缺。天然环境是第一位的，我们茶园，完整的树木、灌木、苔藓，保存完好的三级原生态，多处下面会有泉眼，常年流淌不息，平时累了就直接捧着喝。”

老郭啧啧道：“现在哪里还有人敢捧着水喝？老表啊，台湾茶太贵了！”

刘先生笑得别有意味：“现在台湾茶叶是随着海拔高度递增而价格升级，不是卖茶，而是卖海拔。”

我附和道：“现在国内卖茶每年都有新概念，荒茶、野茶、老枞、古树、单株……”

华生笑起来：“我们这几年讲故事，讲产地的故事，讲茶叶来源故事，讲制茶人的故事。没故事讲，就去比赛获奖，要说现在的正岩好茶谁拿去参赛啊！早就定光了！”

刘先生接过话茬：“这恐怕也是和台湾学的吧。台湾名茶产区各个生产班、生产合作社、专业农工所各级大小都热爱举办比赛，特等奖、一等奖、优胜奖，反正统统是奖。”

大家都笑了，说起现在年轻人喝茶的越来越少，传统茶馆越来越少。刘先生说：“我怎么看到现在大陆到处都有茶店的，而且经常排着队。”

我们听了十分诧异。他笑着补充：“你看每条街上，都有好多奶茶铺啊！”

后记

1940年，由中国茶叶公司和福建省合资兴办“福建示范茶厂”，原崇安茶业改良场并入示范茶厂，示范茶厂下设福安、福鼎分厂和武夷、星村、政和制茶所。张天福任厂长，庄晚芳任副厂长，吴振铎等任茶师，林馥泉任武夷所主任，陈椽任政和所主任。从此武夷山成了福建的茶叶生产、研究基地。

1942年，林馥泉在武夷山调查武夷山中的茶叶品种、名丛、单丛达千种以上，仅慧宛一带就多达830种，列出的“花名”达286个。

1943年，林馥泉正式编著《武夷茶叶之生产制造及运销》，该书堪称武夷茶的第一部专著。书中详细记述了武夷茶树资源的种类、名称及主要特征、特性等，为后人研究利用武夷茶树资源提供了基础资料。

1945年，第二次世界大战结束后，林馥泉去台湾从事台湾茶叶的复兴，对现代台湾茶叶的发展贡献颇大。

1956年，林馥泉编著《乌龙茶及包种茶制造学》，对台湾包种茶的研究及发展，有着重要影响。

1982年，林馥泉先生于台湾逝世。

寻茶

小马自称茶迷，说起来，有影迷、乐迷、戏迷、书迷……爱茶之人往往都自称茶人。但影人、乐人这些都算从业人士，众多的“茶人”基本是业余茶客，于是小马直说自己就是个纯粹的茶叶爱好者。

小马茶未成痴，却不定性，用他的话说是“博而不专”，什么茶都喝一点，三千宠爱，不集于一身。中国六大茶类不说，那些民间喝的非茶之茶——湖北恩施、宜昌一带的林檎茶，重庆、贵州那边的老鹰茶，广西南部、湖南北部的山间甜茶，甚至出门七件事中的茶——有佐餐功能的油茶、擂茶，他都要想着法去找。他还念叨着有很多茶没有试过，比如西北的罐罐茶、云南的烤茶……

小马是个直性子，最烦别人说话云里雾里。你说茶能清心养志、忘忧出尘，喝起茶来犹如明月当头、秋风拂面，他就追着问："说点实际的，到底怎么个好喝？"

被问者支支吾吾，反问道："你最近喝什么茶？"

"斯里兰卡绿茶。"大家都知道斯里兰卡红茶，却不了解那儿绿茶的味道，于是那人再问，味道怎样？

小马点着头："还行。厚度可以。"

我说："小马，别人喝茶悟到了冷暖人间，喝出了山川水秀，你未必能体会。"

小马噗嗤一笑："上回听人说起喝了一道茶，有'万山之巅，一脚踏空'之感，你来想象一下。"

好几年前，我劝小马："就这中国六大茶类，能把其中一种搞清楚，就已经能成个行家。你现在资金和精力也花了不少，就光做个茶叶收集者？"

小马不屑道："你也和大多数人一样，都是目标论吧，我在乎的只是过程。这么说吧，前面有座高山，你看这么多茶友，有的在山脚下，始终徘徊，找不到上山的路；有的上山了一段，但路千岔百回，一直在那儿兜兜转转；有的在半山腰，但越往上越险阻，要找到登顶的路难上加难。当然，肯定会有个别的到了山顶，但你说你到了这个巅峰，还有什么好追求的，有啥意思？"

"做什么事都有个目标不是？"我说。

“你没看武侠书里，高手都是与寂寞为伴。那东方不败吧，最后性别都转换了。那神雕大侠吧，在世外隐居，多少年都没和人讲话，每天跟一只雕嘀嘀咕咕。”

“那你找这么多种茶，不光是为了集邮吧，不也是为了找到自己最喜欢的茶？”我问他。

“也对，但我不会太痴迷某种茶。我是知道的，世间不可能有真正完美的茶，你就说你看见过一点缺憾都没有的美女吗？本来就没有十全十美的东西。宝石为什么色泽光彩动人？因为含了一种叫铬的元素，但是正因为含了铬元素，就容易有较多的内含物或裂痕。假如一粒宝石毫无瑕疵，那么可以断定，它是人工合成的。太专注，没意思。自得其乐就好。比如中国画，不求饱满，留白天地宽，有余地。”

2013年春天，小马试了一款普洱茶，头一杯几乎咽不下去。这茶叶棉白纸上写着“秘境春韵”，他寻思着自己普洱喝得不多，而且是我特意送的，于是接着泡了几次，竟然觉得越来越有意思。再喝几杯之后，他忙打电话给我，说道：“天下之味，莫出此茶，哪来的？”

小马对于普洱茶一直不太热心，说山头太多，喝不过来，现在古树纯料价格又老高，他研究了一阵子，兴趣小了。

我说：“总共就这一饼，是茶友送的，喝着好，撬了一半给你，还要咋滴？”

小马急道：“赶紧给我问问这是哪里的茶，我要买上一百饼！”

我问了茶友，茶友又问了茶商，回复说不知道是什么茶拼配的——是几年前各种古树茶卖剩的尾料，都不多，占着仓库，干脆拼在一起压饼，没想到大家反响一致叫好，本来就没压制多少，早就没货了。

小马认准了这茶，立志要把这茶复原出来。

谈何容易？混杂了哪几种料，又间隔几年，茶商都记不太清楚；具体拼配比例，更是无从谈起。唯一能跟进的线索是，这茶出自勐海的茶区。

小马对普洱茶真正狂热起来了。普洱江湖自有体系，名山小寨，各有千秋。他买了很多茶书，也请假去了趟云南。那段时间，小马不断买茶、试茶，真钻了进去。隔一段时间我再见到他时，他说正研究各个茶区的香味，“勐海茶有果蜜香，易武茶多出花蜜香，临沧茶多有淡兰香，而景迈茶鲜花香重一些，这个鲜花香，可以用‘野菊香’来形容。”

就这么过了两年。有一天，小马忽然说要去茶山呆段时间。

“好好的工作不干了？”我很惊讶。

小马叹道：“还不是因为你那饼茶！我试了多少种茶，都找不出那个味道。不到茶区去，不可能找到那个味道。茶区历来就有将香韵味相近的茶拼配的做法，我去那边拜师学艺，自己学着做茶，做不出那款‘秘境春韵’，我不回来了。”

好个小马，就这样义无反顾去了云南。

小马寻到了出品那款“秘境春韵”主要原料的茶农家。那里的古树茶，位于海拔1700米的原始密林，平时人迹罕至，铺满落叶的松软地面上都没有明显的路径。他以此为主要根据地，寻找和拼配那些古茶树资源。

根据当地人的指点，在勐海的版图上蜿蜒深入，从勐海的腹地开始，向边境线延伸——勐遮、勐混、勐满、巴达、打洛，很多村寨的名称在地图上都找不到。

看小马这几年朋友圈的照片，我得知他整日流连于参天巨木和古茶密林之间，行走在云海叠嶂和霞光流彩之中。山间道路崎岖难行，巨大的倒伏木长满青苔，地表杂草丛生。拼配“秘境春韵”的一些原料茶树，长于这深山密林之中，非常分散。最多有十几棵成一小片，更多的则是单独一棵，或者两三棵一组。

现在的小马，已非吴下阿蒙了。那款茶的原料，他已经悉心观察了几十次，只有一种古树茶原料，他还没找到。而这款茶青，是茶农当年迷了路，无心转到一片树林，顺手采了几斤野树茶，因为量少，混在那批茶里。

去年3月的某一天，我半夜里接到电话，小马的笑声让手机在发颤。“哈哈哈！成了，我找到最后这批原料啦！”

现在小马要正式开始运作一批“秘境春韵”。他敢保证这款茶做成成品后，将是国内普洱茶的标杆，用不了多少年，会成为普洱界争相收藏的对象。

按照他的算法，这批茶最少得20万块钱。小马解释说：“原料成本并不高，但很多茶树是和整个山林杂生在一起的，是散落而不成片的。想采摘这样的‘乔木野生茶’，漫山遍野跑一天也采不到20公斤鲜叶，而这样的鲜叶需要5公斤才能做出1公斤毛茶，几乎没人愿意去采这样的乔木野生茶，再加上制作费和运费，这价格就上来啦。”

“小马，现在我家钱都不归我管，不过，哥还有几千块私房钱，要的话……”我说。

这几年小马的积蓄都给败光了，他问好些友人借钱都没结果，友人们纷纷来问我：“这个小马，不会是去搞传销了吧？”

最后小马自已想到了办法，把家里给他用来买房结婚的钱先套现了出来。

小马是哭丧着脸回来的。

“不对呀，我是再三比对了，确定这些茶原料。不瞒你说，这个茶我反复喝，反复看，都把茶叶拆解开来几次，看是怎么配的。而且这鲜叶，我都是看着采下来的……”他自顾自地说着。

我看小马整个人又黑又瘦，胡子拉碴的，只能安慰着：“放放看吧。你当年喝到的茶，也是放了几年才有那个味道。”

这批茶运回来也没仓库放，丢掉又可惜，于是小马全给快递回了农村老家。小马两年没回老家，家里人却忽然收到一大批茶叶，父母不放心，让他姐姐到城里来看一趟。见了面，姐姐心疼得哭了：“怎么像个流放犯？供你上了大学，留在城里，你过的都是什么日子啊。衣服都是破旧的。”这两年小马在茶山晃荡，衣服上不是这边有陈垢，就是那里刮破了。

姐姐替他买来几身新衣服，又给了些生活费，还商量着先瞒着家里。父母知道这情况会疯掉，工作丢了，之前说的女朋友没有，家里多少年的积蓄都换成了一大堆烂叶子。不过小马还是关心那些茶叶，叮嘱姐姐：“我电话里讲过，不能让太阳晒着，也不能吹风。”

姐姐怒了：“都这会儿了，还惦记这事。你都快过三十，过年想办法赶紧拖一个女朋友回去吧。挣不着钱不要紧，爸妈都盼着抱孙子呢。”

小马重新回归“正常”生活，找了个单位上班。

这一天，我催着小马上以前常去的茶叶论坛。这论坛里有一位“大神”正在找他。他几年没有登录论坛了，所以并不知道此事。

那人在帖子里说：“最近普洱江湖上的人都在找一个叫

‘悠游吴中’的人，以前经常在我们论坛出现。传说他去云南专门定制了一款茶，后来给几名知名专家都分寄了一块，当时大家觉得一般。但两年后，这款茶得到业内大佬的一致推崇，现在这人不见了，但已有人开价单饼五位数在收，传得神乎其神。”

“悠游吴中”是小马茶叶论坛的名字。

小马心跳加速，单饼上万……他脑海中闪过在老家的这批茶的数量。他蹦跶起来，打电话给家里，冲口说：“我那一房间茶还在吗？”

家人说：“没人动，谁动呢？”

小马叫道：“千万帮我看好，谁都别让动啊，我这就回去。有这批茶，就有你的儿媳妇回家。”

家里人给说蒙了，问：“你带女朋友回家？”

小马嚷嚷道：“有，都有，房子有，女朋友有，什么都有。”

在幽深阒寂的深涧里听到艄公号子，在无边无际的沙漠看到一汪甘泉。

小马想起云南寻茶的经历。狭窄弯曲的土石路黄尘飞扬成雾，车行过后待尘土落了好几分钟才能看清道路。回过神来，他用冷水冲了把脸，嘿嘿笑起来，振一振衣，看到了镜子里的自己，拱了拱手，说：“小马哥，且容我拜上一拜。”

忽然，他想着老家的房子窗户是常年开的，江南的雨季多，茶叶有没有受潮呢？而且，茶叶可能是直接堆放在地上的，这样很容易发霉。茶叶发霉变质，可就一文不值了。

小马支着手在房间里打着转，天亮就坐早班车回去。现在，先提脚走起。

跟班

小时候隔壁邻居家孩子康康，年纪比我小四五岁。平时他做我小跟班，屁颠屁颠地听候我差使，晚饭时间仍不肯回去，我只好给他一巴掌，他哭哭啼啼地走回去。不过第二天他又会贴过来，待到傍晚再被一巴掌扇过，手抹眼睛哼哼而归。

现在我的跟班是谢凯。他跟着朋友上门来喝茶，听我讲中国茶叶六大茶系，问的第一句就让我发蒙：“绿茶是绿茶树长的，红茶是红茶树上采的茶，就是黑茶想不明白，一棵茶树上，长满黑黑的叶子，有点怪。”

我冷眼冷语敷衍着，谢凯却下定决心随我学茶。我说：“你跟得上趟吗？爬都不会就想跑？”

谢凯被我呛着，嘿嘿一笑：“我就是个刚入门的。”

我再扔一句：“你哪有入门，门槛还没过呢。”

谢凯又是一阵笑：“明天继续上门来。”

不过，谢凯做个跟班倒还凑合。我是市茶叶协会副会长，虽说是个虚职，不领工钱，但经常要组织个茶会，或者去一些茶店坐坐。这身边有个人跟着忙前忙后，满口“老师老师”地叫着，也显得意。

我交代谢凯：“少说话，或者别说话。”

他点头说：“我就当自己没嘴。”

当我与各方人士慢品细饮时，谢凯低眉顺眼在一旁听着，用手机做笔记，要洗杯、烧水、清理茶桌时他就上前：“我来，我来！”

平日里谢凯天天上门喝茶，风雨无阻。日子一长，我妻子有意见了。我对谢凯旁敲侧击：“你没事对着我，也不嫌个烦。你嫂子跟了我十年，有时候就说，天天见都厌了。”

“哪能呢，我跟着老师天天学茶，感觉每天都在进步。再说了，我现在都喝不下其他人泡的茶，同样的茶到别人那里，总觉得少了什么。老师不是说了吗。茶高了就下不来，我这舌头尝惯了老师的好茶，适应不了别家了。”谢凯显然没有领悟到我话中之意。

我正想着这句话打哪儿听过，谢凯笑着说：“老师不是讲过明朝张岱的故事吗？除非老师能把我的嘴巴还给我。”好小子，都用上典故了，来源在明朝张岱那里，有朋友喝惯了他亲手泡的茶，和他诉苦，家里的茶实在进口不得，你得把我的嘴巴还给我。

后来我妻子发了话："给他介绍个对象吧，小伙子谈上了恋爱，谁还天天缠着你。"

之后我让谢凯也出门晃荡晃荡，喝茶不能喝上媳妇。没想到谢凯嘿嘿笑了，说："佳人如佳茗，碰到对味的茶，要有机缘呢。"

"我说你这小子，现在真会来事，动不动以茶作比喻。但是这恋爱呢，说俗一点，就是勾搭，不是主动勾搭，就是被动勾搭。你小子不去勾搭，你嫂子倒主动帮你约了一个姑娘，记得明天来穿齐整点。"

结果事真成了，谢凯来我家反倒更勤了，我家成了他和那个姑娘的约会场所。在我面前，他指点姑娘："喝茶嘛，发茶香，益茶味，明茶理，尽茶情。"

说着转头向着姑娘，现场解说："这都是老师平时说的，哎，老师泡茶你学着点，你看老师拿茶杯是怎么拿的，要用三指，食指、拇指、中指。对，这样，中指垫着杯子，这样子杯子就算带着水也不会滴到。哎，再看老师怎么倒茶的，'高斟低酌''关公巡城''韩信点兵'，以后要这样泡给我喝，不然我就赖在老师家里不回家了。"姑娘听了，娇嗔着捶打他。他自顾嘿嘿笑，一点也没发现我一直黑着脸。

我反映到妻子那里："这个小伙二五郎当（南京话，形容人不正经）的，你介绍的姑娘怎么看得上他。"

妻子反过来埋怨我："这下倒好，买一送二。"

我只得安慰说："他们每次来不是还买些水果和糕点吗，费点茶钱水钱，还是略有盈余的啊。"

而妻子在意的是其他方面，说他们两人在家里黏糊不清，说笑声音又那么大，孩子在边上看着不好。妻子这么一说，我也担心起来。我眉头一皱，计上心来："我下周要出差几天，就和谢凯说要出差一段时间，他长时间不上门，也就习惯了。"

来日就打电话说了出差的事儿，谢凯却没表示失望，说："我脑子里有个想法，现在还没想透，正好这阵子琢磨琢磨，等老师回来一起说道说道。"

出差回来，我过了几天舒坦日子。那些陈年老茶，谢凯在时我舍不得拿出来，现在独自享受着。可又老是担心谢凯不请自来，心中惴惴不安，喝茶时有种好似儿时偷吃家中零食怕家长发现的感觉。

过了些日子，谢凯一直没动静，我却有些忐忑。周末有茶会，我特意拨了谢凯电话，说有台湾茶人到场，谢凯居然毫无热情，说有空会来。

那天谢凯没到，熟悉的人问起："你那个小伙子跟丢了？"我心中有点空，想了很多责骂的话等着他过来受用，可这小子一直没有上门来。这段时间我独自坐在茶盘前很是无趣，妻子又发话了："不要老盘在家里，你也出去走走。"

我沿着青枫公园散步，路上有人搭上肩膀，我转身来发现居然是康康。他现在就住附近，每天在附近跑步。两人好久没见，一阵好聊，康康现在是一个徒步运动群组织者，有时周末还召集着大家去户外野营。当年我是校足球队的，发话说下次户外活动叫着同去。我挺着肚子说："哥当年的威风，你忘了？"康康说那正好，这周末就有活动。

那次走的是徽杭古道，单程四个多小时，我一路跟得吃力，好不容易才挨到晚上露营。康康帮忙找来睡袋，我好久没睡地上，后背硌得一直不舒服，虽然又累又困，但一夜时睡时醒，睡不安稳。第二日回程，发现脚使不上力，走着走着就落在队伍最后。同行者看我眼生，打听来路，一边的人说，跟着康老大来的。

好歹咬牙拖着脚回来，我一瘸一拐到医院，医生说是脚劳损过度，只能在家休息。正无聊着，谢凯电话说要过来，我本想推说没空，但我很好奇这小子最近都在干什么，于是说："那就来吧，我儿子可说好久没给带好吃的了。"

谢凯说的正事，是准备建个茶叶百科网站。他说越接触茶，越感受到中国茶叶的博深和庞杂，无论哪一个茶叶品类，要深入了解，都需要很长的精力和时间。现在国内知名的茶叶论坛，也有很多知识贴，但都是茶友自发写的，大多为个人的经验积累和感悟，缺乏专业度和权威性。况且中国茶叶门类繁多，就算你是茶叶研究人员，你也很难在所有茶叶品类上都做到专家。他这段时间一直想，怎么建一个知识平台，让各种茶叶知识透明、清晰，能够让茶友有什么问题，就能得到有效的解答。

谢凯解释说："可以参考的是豆瓣这样的网站，用户可以分享专业经验和见解。就说电影，不可能有人看过里面列出的所有电影，它的逐步完善，要靠众多人完成，而且资料是不断添加的。作为像他这样的茶叶初学者，困惑的是茶叶网上就没有像这样的知识平台，如果没有人带着，根本弄不清楚门路。你想现在豆瓣电影，要什么电影资讯，想看看别人对于这部电影的评价，立马就能找到。

"如果有一天建立这个网站，茶叶可以按照六大茶类进行分门别类的明细划分，然后再分小类，细化到每项单品茶。想了解某种茶，就可以搜索进去，比如武夷山的岩茶一项，可以细化到各个山场，竹窠的，马头岩的，牛栏坑的。这些具体山场的口感其实都没有统一的标准，但现在可以有不同的人写的不同的品感，这是汇集所有茶人的一个网站，集合众人经验的一个交流平台。”

我侧身听着，点着头：“想法不错啊。”

谢凯越讲越兴奋：“老师，我想好了，这网站的名字就叫‘嘉禾’，做好了对于中国茶叶的发展也是个大事，也只有这样做，才能在这个互联网时代把茶叶知识做到真正分享。但是呢，这个事情不是一朝一夕完成的，要有相应资本的投入，因为一开始很难盈利。当然了，现在只是一个初步想法。我在网上聊了几个志同道合的人，正在找投资方呢。”

我哼了一声说：“你都整了这么大动静，是来我面前炫的吧，还用得着我提意见？”

“老师是我学习茶叶的引路人，让我学到很多东西，而我想建一个能分享的平台，让更多没有机缘碰到像老师这样的茶叶专家的普通人，通过网络分享就能学到各种茶类知识。”他顿了顿说，“这是我的梦想。”

我冷笑着说：“梦想？你还是做梦想想吧。”

谢凯嘿嘿一笑：“我就是来听老师泼冷水的，看看还有哪些地方需要再考虑考虑。”

“我看你这壶水早就烧开了，一直在冒泡，凉不下来了。”

脚伤好了，我在网上订了一套专业户外设备，打电话问康康下次户外活动是什么时候。那小子支支吾吾半天，终于说：“最近强度太大，等到有合适的再叫你。”

我心凉了下来，忙说：“我其实也不喜欢太剧烈的运动，下回再说吧，再说吧。”

过了一阵子，谢凯又上门来，整个人像霜打的茄子，闷坐在茶桌上。我扬起茶壶说：“哎，我不是说过，泡茶要忌急用忍，出汤快不是急出汤，徐缓图之，做事要行稳致远。你看我现在还是个副科级，就是年轻时候老想出风头，别人能喜欢吗？”

问起女朋友，谢凯说：“没感觉了，就像茶热的时候，好喝，凉了，味道就不对了。”这次见面以后，谢凯消失了。他女朋友来到我家，说一定要找他要个说法，可一直联系不上他。

这姑娘一直坐在我家守株待兔，却始终等不到人。过了两三个月，有个小伙和她一起进了我家的门。两人坐在一起，亲亲密密挽着手。

小伙子不爱说话，喝茶时却开了口：“绿茶树见过，红茶树好像也见过。你说泡的这个黑茶，我实在想象不出一棵茶树树叶都是黑黑的是什么情况。”

盗茶

4月底，我和刘宝结伴去徽州。古徽州六县一府，都是好去处。

两人说好不特意走风景区，就是随处闲逛，看看民俗风情。一路从绩溪、歙县到休宁，我要去寻访盛誉一时的历史名茶休宁松萝，为的是郑板桥写过的那首《咏松萝》：“不风不雨正清和，翠竹亭亭好节柯。最爱晚凉佳客至，一壶新茗泡松萝。”

刘宝对人类学更感兴趣，旅游时关注

点也是民俗文化。说起在福建漳浦所见赵家堡的燕尾建筑，还有宋朝印记，贵州安顺见到的屯堡人家，仍存大明习俗，两处都是古代“蛮夷”之地，却留有江南文化遗响，而内地很多城市，拆拆建建变得雷同。

我听了，接过话茬：“日本人的茶道，也是中国古代宋朝传过去的点茶，千年后我们照样学来，很多人却在东施效颦。”

我们一路寻访古迹，准备去齐宁街。这曾经是古徽州著名的一条街道，自东汉建安十三年（公元208年）建县以来就有，现在还保存着30年前老街市面貌。徽州之行走过几处修复过的老街，两人便商量走一遭齐宁街。

从县城坐公交到镇上，又走了一段路才找到老街。宽宽的红麻石石板路，刘宝觉得和在江西抚州见到的古村落有点像，红石街巷，红石磉墩。沿着老街一路走，石板路变得坑坑洼洼，街两边都是破旧的徽式二层建筑，跟汕头老城区一样，传统的手工作坊基本可见，大多跟日常生活有关，制衣店、渔具店、剃头店、日杂店、钟表店、家电维修店、小吃店、药店……街上散散落落几人，随意而行。刘宝推了推眼镜说，还挺有感觉的吧。

我们俩沿街乱走，转到一处宅院，房子看着像是明清时期遗留的建筑，典型的徽派风格，马头墙、小青瓦。门上贴的对联，手写的楷书——“几百年人家无非积善　第一等好事只是读书”。门前一棵茶花树，约有三米高，花色有白有红，分株而成。两人顿足，说起这株茶花怎么花色不同，是否嫁接而成。一位清瘦老人开了半扇门，探出来说，天生就长这样啊。

我们从门口看向院里，几株细瘦的修竹，高高探出天井，堂屋的板凳上，扣着一本翻开的书，自有“衣冠简朴古风存”的味道。

刘宝说：“老人家，我们进去歇一会儿，喝口水。”

主人敞开门，回堂屋招呼老妇倒水。帘子闪过一位老妇，一手拎着热水瓶，一手执两只瓷碗，出来招呼。

刘宝瞄了一眼反扣着的书的封面，惊道：“老人家看的是《易经》啊。”

我从包里拿出碧螺春，开罐取了一点放在两人瓷碗内，向老人示意：“老先生，喝喝我们江苏的茶。”

老人摇头：“我不喝茶。”

我和刘宝都很诧异，因为休宁也是有名的茶区。

“老先生，那你肯定知道松萝茶的，松萝山就在这一带吧。”

老人摇摇头说：“哪还有什么松萝茶，都是后来种的。”

我更加诧异了：“松萝山还有老茶树的啊。之前查过资料，说松萝山尚有几株百年以上老茶树。”

老人叹道：“老茶树是没有了，老茶根还有几棵。”

我笑笑说：“老先生又不喝茶，怎么知道？”

老人脾气上来了：“你到这儿来买茶？告诉你，这儿没有松萝茶，只有松萝山的茶。”我无语了，怎么绕来绕去绕不清？

刘宝用嘴吹着碗边茶叶，问道：“老先生，你们这边都产茶的，你怎么不喝茶？”

老人一字一顿：“是祖训，祖上传下来不许喝茶。”

两人对望一眼，刘宝问道：“老先生，我从来没听说过有这样的祖训，你能告诉我为什么吗？”

老人不语。刘宝继续问：“老先生，你刚才说松萝茶喝不到了，是真的吗？”

老人沉吟半天才回答我们：“这些个老事，我也是听老一辈的说说，自己再想想，串串。你们要有时间，我就慢慢讲，你们就当听听故事了。

“清朝那时候，我们国家和英国做生意，我们卖茶叶和瓷器给英国人，他们每年要花一大笔钱，时间一长觉得亏了，所以派人到中国来偷茶树种子……”

我忙说：“这个我知道，这个人叫罗伯特·福琼！这段历史我熟悉，福琼的书，讲当年的事情，国内也已经有出版过。”

刘宝制止我：“你听老先生把事情讲完。”

老人摆手道：“不要紧，这个历史我只是粗略知道，你今天正好讲讲，我也清楚一点。”

我接着说：“那是十九世纪中期，中国禁烟以后，英国没什么东西可以出口中国，又要每年从中国引进大量的产业。英国相对中国的贸易逆差非常巨大。那时候我们中国的茶叶在全世界是处于垄断地位的。为了改变这种依赖，所以他们寄希望于能将茶树种子带回去广泛种植。罗伯特·福琼，是一位很有名的园艺学家，他早些年曾接受伦敦皇家园艺协会委托，在中国寻找珍稀植物种子。他不负众望，找到了100多种植物，圆满完成任务。由于有过这样的成功经历，东印度公司就花重金邀请他再到中国偷取茶叶种子。”

“你这样说，就更加清楚了。这个外国人，你们比我更清楚，我就说说中国人。这个外国人叫什么？福气的福，琼瑶的琼。我要说的第一个中国人是福琼到中国找的随从，对外就是他的中国管家，姓胡，就是我们休宁人。这个外国人到了上海，点名要招徽州府松萝山这边的人。这个胡管家十来岁就出来学徒，手艺学得不精，就在别人家打杂工，因为一直混得不如意，出来十多年未曾回老家。我们徽州人讲究光宗耀祖嘛，你看，就是现在，外面做生意有了钱的徽州人，都跑回来修一个气派大宅子，这个扯远了……

“那时候松萝茶就像现在龙井茶的名气，所以福琼就打了松萝茶的主意，由这个胡管家带路去家乡找茶种，也方便。这个外国人是打着朝廷旗号采集茶种的，还不知从哪儿搞来一套当官的制服，你想啊，这个胡管家，也没什么文化，一听是带着朝廷派的洋大人回家乡，那是何等风光的事情啊，于是鞍前马后，尽心尽力地一路伺候着这个福琼回休宁了。

“到了徽州以后，一路也有官员接待，于是胡管家深信不疑，到了老家，全村的人都出来接待。这个洋大人也送了好多礼物给胡氏家族，并炫耀皇帝接见时的情景，当然，这都是他胡说的，但当时大家都深信不疑。他说了半天，要求带走松萝茶的老茶种。其实外面人不知道，松萝茶的老茶树不多了，不知道是气候变化还是什么原因，老茶树逐渐死亡。到了福琼来的时候，其实松萝山上的茶大多是其他茶种移植过来的，真正几百年的老松萝茶，就剩下最后三棵。而胡管家当时可能出于炫耀的心理，把这个秘密吐露给了福琼。

“福琼点名要一棵老茶树，胡氏家族经过讨论，决定同意他的要求。那时候根本没有保护意识，都觉得这是为国争光的事，再加上福琼给的价钱很高。但三棵茶树的主人（三棵茶树分属三家人）都争着要给福琼，为此都偷偷私下里找胡管家，承诺给一定的好处。于是胡管家挣了三家钱，一股脑儿都装上了船。后来大家发现了，懊恼不已，三棵松萝茶都挖走，那松萝茶要绝掉了啊。

“洋大人不好问罪，族长找到胡管家，以死后不让进胡家宗祠威胁他追回松萝老茶树。胡管家百般抵赖，最后没办法，交代这批茶已经送上船，抵达上海了。胡管家说，洋人要他招聘一批当地的种茶工，随运茶船去印度大吉岭，要不找个人跟船，看看能不能找回茶树。族长让小儿子跟着去，交代要想办法把松萝茶拿回来，偷不回来就想办法让这几棵松萝老茶树死掉，决不能让松萝茶变成外国茶。

“族长的小儿子混在一群去印度的茶工中间，这些人都是徽州一带的同乡同里。他们得知这个小伙子的任务后，都愿意帮忙。洋人分不清茶树品种，大家计划趁洋人周末开舞会疏于防范时，先将这几棵松萝树跟其他茶树调换，以后再相机行事。但还没等到约定的日子就出了状况，有人告了密。

“当时的中国，吸食烟片是非常常见的。这些去印度的人，愿意漂洋过海，一方面是听说洋人出价高；另外一方面胡管家找人的时候特意说明鸦片在国外都不要钱，尽管抽，这对于鸦片吸食者来说是很大的诱惑。

“船上的日子很寂寞，也没事情做，一些人早就把预支的部分工钱换了鸦片，半躺在底舱，手里拿着烟钎，一个个自顾自地吸着鸦片吞云吐雾。族长的小儿子也染上了毒瘾，后面把身上的钱败光了，同乡不肯借钱给他买鸦片，瘾上来了，居然自己向英国人告密换钱，说有人要偷茶树。英国人没有公开处理这个事，加强警戒，一到印度就把所有瘾君子集中关禁闭。

“族长小儿子放出来以后，非常懊悔，继续打听三棵松萝老茶树的下落。他听说，由于水土不服，三棵老茶树后来都死了，但洋人已经通过扦插的方式试种了一批茶叶。洋人怕中国人对松萝茶动手脚，于是把所有到印度务工的中国茶工，分到加尔各答茶叶试验基地的各个茶场。

“松萝茶特别受到重视，由印度当地园丁严格把控，但生长一直达不到理想状态，叶苗很瘦，试制茶叶，苦涩度高。三年后，族长小儿子把未了事宜交代给一个同宗的老乡，无奈地回了国。

“这个老乡是制茶师，他跟家乡来的人都交代了，不要用松萝茶的制作工艺来做这批茶，永远也别让英国人得到松萝茶的味道。他还建议把松萝茶树嫁接到印度本地茶树上，以为这样会破坏松萝茶的原味。可他没想到嫁接后的新品种茶叶试制后，品质非常理想，轰动了英国，这个树种被广泛种植。”

老先生沉默下来，良久没再说话。

刘宝忍不住问道：“老先生，您也姓胡吧。”

老先生仰起身：“你是想问这三位主人公中哪位是我先祖吧？唉，这都不重要了。阴差阳错，松萝茶嫁接后，成为打败中国茶的茶树。愧对国人啊，先祖就立下祖训，后人不许喝茶。”

而后他转向我，自问自答：“你说，我们这还有没有松萝茶？松萝山有茶树，但再没有松萝茶喽。”

附

当英国人福琼将茶叶从中国窃走后，印度成了新的茶叶生产地，大吉岭出产的红茶被誉为红茶中的香槟。仅仅20年的时间，中国的世界茶叶至尊地位就被英国所剥夺。1900年，中国茶叶出口占世界比重从原先的95%下降到10%，英国则从不产茶转为占世界茶叶出口比重的80%。

茶胆

上了年纪的人，会喜欢一件事：赌气。

这天国庆到家时，已经晚上八点多。亚萍在沙发上看电视，正动情，眼睛没移，背对着他问了一句：“没喝多吧？”

国庆没回话，走到儿子房前。那小房间门半开着，儿子在做作业，抬头擦擦眼睛，对国庆说：“爷爷今天又没吃饭。”

母亲去世以后，国庆动员父亲一起卖掉房子，买了一套大平层。等住进来才发

现，做了件错事。这些年来父子之间的距离掩盖了矛盾，现在朝夕相处，状况就像亚萍所说，“家里老爷子，是最熟悉的陌生人。”

国庆走到书房前，敲敲门，没人应声。他推门进去，看见父亲正枯坐桌前，腾着双手，一本书摊开在桌上。

“爸，今天怎么没吃饭？”

父亲“啊”了一声，回到现实世界，顿了顿说道：“减肥啊，跟你媳妇学。”

“我跟亚萍说过，晚饭不吃没用。爬树可以减肥，看看松鼠、猴子这些个身材都很好，没见胖的。”

父亲眯起眼睛，笑了。

“今天没去篮球场转转？”国庆补充道，“差不多年纪的阿姨都在跳广场舞，你也给自己物色一个。”

父亲紧绷着脸说：“没大没小，还跟老子开这种玩笑。你妈以前说的不错，自家孩子就好比甘蔗，长得越高，越没味道。现在天天回来这么晚？”

“老爷子你现在越来越幽默了。现在爷爷都找孙子，哪有管儿子的。”

父亲伸伸腰，说：“你说说这个小赤佬，今天我问他最喜欢上什么课？他反问我，什么课都可以吗？我说是啊，你知道他，他怎么说——下课！”说完，父子两人都笑了。

父亲接着说：“多多吃过晚饭还在这儿玩了一会儿，说看见飞机了，还是波音747。”

“什么飞机？”

“一只蚊子！”父亲嘴角漫起笑意，比划着说，“飞来飞去，嗡嗡响。现在都不招人搭理了，只有蚊子喜欢我，总要凑上来亲热亲热。”

“不合口味嘛，就出去吃点。我也是适应了好几年，才能见点辣。”国庆把话题拉回吃饭上。

父亲冷笑起来：“你慢慢适应，我就不将就了，还不知道哪一天就挂挡了。”

“瞧瞧，你又来了。泡会茶吧，忙得一天没喝茶，嘴巴痒了。”

国庆的喝茶习惯是父亲培养出来的。到了老年，父亲反思起自己的生活，觉得一辈子都在为别人活。现在他想开了，活着就是体验，体验即是拥有。于是他喝茶的态度也大不一样了，以前喝好茶是“嫁姑娘”的心态，喝一泡少一泡；现在是“娶媳妇”心态，喝一泡得一泡。

儿子写完了作业，国庆招呼他过来洗脚，完了抱着扔床上，再讲个故事哄到睡着。之后国庆回到自己床上翻手机，正快入睡境，亚萍掀开被子，用胳膊捅国庆：“哎，我说，今天，我忍无可忍了！你爸居然把昨天说过的话原原本本又说给了我听，我当时想是我失忆了吗，我做梦了吗？昨天不是说过这些话吗？哎，你昨天不也听到了吗？他是不是老糊涂了？”

国庆翻过身子：“我说你，看半天电视，嗑半天瓜子，嘴巴不酸？”

亚萍搡着他：“我问你家老头子呢，你是天天早晚不见。我烦着呢，他一天到晚，神神叨叨的，泡着茶自顾自说起话来。多多还问，成语‘自言自语’就是这样的？”

国庆背过身，一言不发，一会儿打起了呼噜。亚萍使劲捶他：“你说话呀？不要装，你以为我不知道，平时拉风箱不是这样。”

国庆只得停下来：“嗯嗯啊啊，明天说，明天说。”

国庆是老茶客。早上喝红茶加武夷八仙，取其纯厚与清香。上午到公司打开电脑，先喝一泡岩茶提神，再开始工作。午饭后喝一泡铁观音代替午休。下班前因为空腹，喝一泡红茶。晚饭后冲一杯浓香铁观音或普洱熟茶。基本上一天都在喝茶中度过。

喝茶成为国庆生活的一部分。他这样说：“好喝的茶，不太好喝的茶，和生活一样，有时候顺，有时候不顺。味无味处求吾乐嘛。”

近来有个流行词，“佛系”。大家说国庆就是佛系喝茶生活。国庆听了，笑着说：“唐朝赵州和尚不管遇到啥情况，都说喝茶去，那才真是佛系喝茶。”

国庆确实性子好，什么事都力求稳当。我曾经和他约着一起去厦门茶博会，上了火车我准备放行李箱，他指指对面的行李架，放那儿！我不解，他说这样抬头才看得见啊。入了座，他盯着窗外说：“五六个小时看风景，惬意吧。知道我为什么非要到窗口上买高铁车票？因为要是在网上订票，匹配到B位置概率最高，夹在中间很难受，我们现在这D/F单独两座，不是最好？”

大家公认国庆泡茶最好，相同的茶具，相同的茶，国庆总能多泡一两泡。他喜欢的乌龙茶，泡法最讲究，水一定从周边注入，不能冲散壶（盖碗）里的茶叶，得让茶叶像一个团一样，这中间的叫茶胆。他说：“父亲从小教泡茶就讲究茶胆，茶胆不能破，一破茶叶就没味道了。”

国庆是多年好友，我经常上他家喝茶。有一次我专程请教国庆的父亲，怎样冲才不冲破“茶胆”。老爷子说：“一开始开水绕着外围冲，越冲绕得越往里，可以较长时间保持汤色、滋味。茶叶要慢慢地泡，有茶胆才有茶劲。”

这天一早起来，国庆看到父亲已端坐书房里泡茶。昨晚喝到老晚，茶桌没收拾，国庆上前问：“是隔夜茶，还能喝？”

父亲闷声道：“不搭界（吴语，指两事无关联），我也是隔夜茶了。”

“这么早，今天要出门啊？”

父亲点头回话：“今天去照相馆拍张相片，昨天找了一圈，家里没有一张像样的，你们以后都找不出一张遗照。趁现在自己还能挑，照张看得过去的准备准备。”

“爸……你还想得这么周到。您老最近不是说了吗，就算最后一天，每一天也都是新体验啊。”

父亲摆摆手，说：“你这都多大的人，还要人烦心？你看看你妈，什么时候敢在家里这么对我说话？”

国庆心想，是昨天晚上亚萍又埋怨怎么又买这么多茶，给父亲听到了？于是国庆忙岔开话题：“妹妹昨天打电话来，说让你去旅游一趟散散心，我说好，不用她出钱，我来。”

父亲抬头说：“好啊，你是应该要给我一笔钱啊。寂寞费。越老越厌弃啊。”

“你这话可冤枉我了，那斤陈年铁观音就是买给你的，歪尾桃、横张枝、波浪面，现在不容易找了，价钱贵的，就亚萍一直说道的那些。”

“知道了，别贡在嘴上，”父亲眼睛扫过来，“知道我生日几月几日？”

“啊，啊，十一月底吧？”

父亲“嗯”了一声：“还不算太离谱，是十二月十六。”

“我记得是农历啊，怎么想起生日了？啊！十二月十六，就是昨天？！你怎么不讲一声？那就出去玩一趟，把生日补回来……你要是不想出去玩，就每天接孙子，喝喝茶，再练练书法，你不是一直还喜欢写写字？”

父亲看着眼前的茶碗说：“茶，不管好坏都喝了，滋味自个儿知道，留下来只有这一片狼藉的茶渣。我们年纪大的心情你们还体会不到。多多那句成语怎么说来着？只可意会，不可传言。”

父亲在饭桌发脾气了，起因是多多的几句话。

亚萍问儿子：“怎么这学期连个小组长都没轮上？”

多多没有回答，反而仰起脖子问国庆：“爸爸，你怎么不好好努力当个领导呢？同学爸爸好多都是经理。”

国庆笑骂：“就你话多，才八岁小孩，反了反了。”

父亲顿顿筷子，脸色明显不悦：“你们看看，怎么教育小孩的？”

亚萍催促儿子快吃饭。没想到多多竟一本正经地说：“爷爷啊，你年轻时候应该多买几套房子，那样我们每个月都能收好多房租，我就不用上学，天天睡懒觉打游戏了。”

国庆和亚萍笑出声来。父亲把筷子往桌上一扔，不吃了。

最近在做菜上，亚萍作了一些妥协，桌上三四个菜里，有一个是给公公准备的淮扬菜。国庆见父亲不继续吃饭，问：“今天不合口味？”

父亲“哼”了一声：“每天就当喂饲料，能好吃？”

亚萍按捺不住了，口气很冷地说：“我只会做这样的，不会看脸色做菜，搞得我像虐待一样。国庆，你舌头勒住了？”

国庆不说话。亚萍声音变大了：“这到底是谁的家？”

父亲摔门而去。

平日父亲晚饭后去小区溜一圈就回来了。今天过了一个钟头，外面下起雨，父亲还没回家。雨越下越大，等到九点，国庆等不及，打电话给妹妹，她回应道：“在，在我家。”

国庆心里悬着的石头落了地，开车去妹妹家。妹妹开门后劈头盖脸一阵数落，说父亲雨中走了五六公里，到这儿全身上下湿透了。

父亲坐在沙发上喝茶。国庆让父亲一起回去，父亲抖动报纸，扔下一句：“回谁的家？”

国庆满含歉意地笑着：“亚萍说错话了，想一起来的，不是怕你生气吗。”

妹妹在旁边抄着手，怒气未消：“这话真的我都不信了。”

父亲叹着气说：“我可该怎么说你呢？怎么活得才像自己！不要到我这个年龄才想到不要委屈自己。你看看你这个太太，整天怎么说话的——你怎么这样，你不能那样，怎么忍得住的？唉，我后来经常讲你妈，那个小周，是叫周文婷吧，不该嫌弃她是外地人啊。”

这么多年，父亲居然还记得当年国庆女朋友的名字。“这都多少年了，还提什么？”国庆手搭在脑门上，吁了口气，“我都不气，您老人家还气什么？”

父亲猛打了一阵喷嚏，许久才缓过来，他说：“是啊，日子是你自己过的。你妈在的时候，老说什么‘不要气，只要记’，记什么呢？”

国庆劝慰道：“姆妈以前在我家带小孩，不是和亚萍处得好好的吗？”

“姆妈那是没和你讲。”妹妹抢着说，“阿嫂会挑毛病，姆妈说多做多错，少做少错，可又不能不做。她那时候自称机器人，你说她能不郁闷吗？一到我这来，就不停口诉苦。哎呀，都忘了跟你说了，前段时间我还收拾出这个。”

妹妹转身进厨房，从柜子里翻出两个玻璃瓶来，拿给国庆：“你前几年老掉头发，姆妈在这捣芝麻糊，装好了想给你送去，谁曾想这病说来就来……”

国庆手指摩挲着玻璃瓶，鼻梁里辛酸味往上爬，笑着说道：“想想姆妈小时候可没少打我啊，扫帚柄、细竹筷、量衣尺、鸡毛掸子，拿到什么就招呼啊。”

妹妹抹抹眼圈的泪花，附和着：“那还不是最狠的，掐你身上一丁点肉，再转上几转，才叫痛呢。”

父亲别过脸去说：“你妈是根门闩，一抽掉，我们家好像就不像个家了。”

而后父亲打量一圈女儿的二居室，抬起腿来，说道：“年纪大，撒撒憋气（吴语，意指赌气）。我也怪想多多的。你看我这身湿的，衣服都没换洗的，回去吧回去吧。”

妹妹送出门外，悄声对着国庆说：“阿哥啊，吃点好的，家当大部分都是你挣的，别让自己受委屈。”

国庆笑了：“你这语气，和姆妈一样。”

父子二人到家都夜里11点多了，多多还没睡，朝国庆眨眨眼睛，说：“去哪儿了，这深更半夜的还出去玩？”

国庆看着他下巴还粘着一粒饭，笑骂："留个饭米屑，当夜半餐的。"

父亲一阵咳嗽，弯下身问："多多，知道什么是半口气吗？"

多多疑惑地看着爷爷。父亲笑嘻嘻地吸了一口气，一只手掩住嘴半边，慢慢吐了口气，说："看，这就是半口气。"

国庆看父亲身子在抖，忙去放好热水，让他早点洗澡休息。第二天老爷子起不了床，送医院，居然是急性肺炎。情况比预想的糟糕，看大家发慌的样子，病床上的父亲依旧很淡定："人生就是一盏茶，茶热茶凉，茶浓茶淡。"

两个月后，父亲去世了。我们这有个讲法，老人去世后第三天的中午，在镜子可以看到老人家在那边的样子。那天，我和国庆分别拿着镜子，一个在遗体头部，一个在脚部。国庆对着镜子看，颓然坐地，他真的看到父亲了。父亲的样子，和遗像里一样，那时他一早自己去照的。

我和国庆坐在书房里喝茶，国庆边泡茶边摇头，那泡传统铁观音，这次怎么也出不了味道，总是涩涩的。国庆说："茶胆破了。"

风从窗户里吹进来，摊开的那本书自己一页一页来回翻着，啪啪作声。

去博白

吴不可是我大学室友，刚来学校时，好像生怕别人不知道自己名字的由来似的，每次报了名字以后，总会兜上一句：“我的名字出典于苏东坡名句——人生所遇无不可，解释权归吴不可所有。”

没过多少日子，班里生活委员汪浩发月度补贴，来回寻找一个叫吴阿饼的，始终没人来应。瞧着汪浩身边没人，吴不可才走过去：“这是我，身份证名，家里人乱取的，我那时候不懂事嘛，现在有了自主权。以后帮我改作吴不可这名，你是江西的，我们来自同一个方向嘛。”

汪浩说：“我江西，你广西，这都能扯一块。”

这所大学里的学生大多来自江苏周边几个省份，对于我们来说，广西是个遥远的地方。

“如果吴不可不是博白人，估计我这辈子都不知道有这么一个地方。”室友李强说。

“我们博白到处长什么？桂圆！这么说吧，就跟南京满街的梧桐树一样，你们知道梧桐树上怎么挂果了吧。桂圆也一样！就这么满满当当垂在树上，一扯一大把，但那东西不好，一吃多就上火。”大家听吴不可说着，垂着涎水，感慨着没有机会上火。

慢慢地，大家对他有了意见，因为他太不大方了。在宿舍见别人好吃的他伸手就拿，自己却从来不买零食，别说主动请客，就连集体聚餐（AA制）也从不到场。

李强当面取笑他：“走遍江湖，就服吴不可，这个‘蹭’字诀他绝对是练到家了。所有拿了奖学金的人都会请大家搓一顿，这条不成文的规定到了他这里却不管用了。他一拖再拖，后来干脆以一个不确定的理由应对：我在写长篇小说，等我写完了再说。但鬼知道他什么时候写完。”

吴不可和我都是学校文学社的成员，吴不可最推崇卡夫卡，最初写的文字，都是展示个人心里压抑的生活状态。慢慢大家熟了，他与我说了家里情况：父亲早就去世，母亲拉扯三个小孩长大，他是长子，从小就要分担家务，学费都是四处筹借来的，拿了奖学金也是要充作生活费的。

谈及喜欢文学的理由，吴不可说：“没有钱花，又没处去，只能去图书馆看书，看着看着，就有了兴趣，想写点东西。”

大一开始，吴不可立志要写一部30万字的小说，震惊中国文学界；我则追求数量，要在毕业前写出一百篇小说。不过我们的计划都远没完成，我们把这个归咎于现在生活太平淡，没有大时代，难出大作家，那就等到社会上经受各种打击和挫折，再写不迟。

大学期间，博白是吴不可口中的骄傲，一提到家乡，什么好吃的、好玩的，一大堆。但是毕业了，他却不想回去。那时候找工作还能双项选择，他想办法找关系去大一些的城市工作，南宁、桂林去不成，最后决定能去玉林也行，可他终究没能成功，还是回了博白。

吴不可临走前再三正正经经地跟我说：“以后我们搞文学搞出名堂了，再见面。你在江苏搞短篇，我在博白搞长篇，不信搞不出来。”

刚毕业那会儿，吴不可还写信给我，说：“去过南京，一对比，我们博白这小地方真小啊。看一只苍蝇飞走了，一会儿又飞来一只，仔细一瞧，嘿，还是那只，兜了个圈转回来了。”

我写信回复：“瞧着吧，我们都在一张网上的某一处，都透过网眼看世界，无非一个网眼大一点，一个小一点而已。”

我家乡产茶，因为搞文学，大学期间经常要挑灯夜战，所以我每次都要泡点茶。吴不可跟着喝，泡一大茶缸子茶，慢慢也就有了喝茶习惯，说：“茶叶能醒脑，但是喝着喝着肚子容易饿，你这个害人精哦，你得请我吃东西。”于是我去买那种最便宜的雪菜方便面给他，吃多了，吴不可说，吸口气都有雪菜味。

两人有时也喝个酒，一瓶廉价老白干，两人轮流对瓶喝。没有菜，说点话来配酒，有时是揭短，有时是牢骚，有时是追求姑娘失败的遭遇，有时直接念起将来要获诺贝尔文学奖的发言稿，有时来一段多少年功成名就后再来这所大学的即兴演讲。说话过瘾了，吴不可便教起我如何划拳，说在广西，大家喝酒都要划拳，论起输赢，酒喝得快，一瓶酒往往很快就见了底。

毕业后，茶叶成了我和吴不可联系的纽带，两人都不问对方现在写得怎么样了，而是兴致勃勃地拟定新的计划：要尝遍中国绿茶。

刚工作，工资不高，吴不可常常偷着邮寄我一点他们公司的招待茶——西山茶，说这是广西最好的绿茶。后来我陆续收到广西地区的各种茶叶，武宣金龙茶、平乐野生石崖茶、环江石崖茶、凌云白毫、龙脊古树茶……

我出差期间，碰到什么好茶，也给吴不可寄一点。让他叫好的茶是一款福建武平绿茶，有股果香味，虽然较碎，但味甘醇厚，汤色也很润；还有海南的水满茶，条索肥壮，滋味浓烈，他喝了直说过瘾，好像67度的衡水老白干的感觉！

后来，智能化时代来了。

外面的世界很精彩，外面的世界很无奈。没有体验到精彩或是无奈，吴不可终究留在了博白，接着他恋爱了，结婚了，忙忙碌碌。如同李宗盛唱的：你我皆凡人，生在人世间；终日奔波苦，一刻不得闲。

吴不可婚宴时，我是准备去博白的。“说了多少年要来博白，哥们结婚你都不来，你以后都不要来了。”他说。是啊，说了很多次要去博白，但就有各种各样的理由：太远、请不到假、坐车不方便。

这次他话说得这么绝，我终于开始制定路线和计划。但最终还是因为请不到假而未能成行，领导不准假，说什么时候都好，偏这几天不行，改制的经验总结等着修改汇报，不能走。

我抱着十万分的歉意打电话告知吴不可。照以往，他定会大为光火，张口噼里啪啦一顿骂。谁知他只是轻轻说一句：“那太可惜了。给我来一斤西湖龙井，明前的啊。邮寄半斤得了，留半斤你自己喝，知道你小气，平时舍不得自己买。你算算这份子钱、来回路费，便宜你了。”

后来我们俩都忙于照顾自己的家庭，很少通电话，平时都在电脑两端，想说话了就QQ递个笑脸过去，问对方在忙什么。也奇怪，那时候电话费那么贵，叽叽呱呱说上半个小时还意犹未尽；现在电话费便宜，聊上几句却就接不上话茬了，只是偶尔说说喝到的茶。

有一次，吴不可说起玉林有一种茶泡，放在茶水里可以观赏，还可以吃。

“这么多年没听你说起，现在显摆，赶紧来一打。”我假装愤怒地说。

吴不可回道：“这东西，放不上几天啊，你有机会来博白，现场品试。”

“那好啊，我过几天就去，顺便到巴马转转。”

“好，就等你来。我这还有陈了十来年的六堡茶。”

我们都知道在对方在说笑，平白无故的，跑这么远干嘛？

吴不可的酒量见长，常常借酒说茶。说酒和茶一样，品时在于口腔中回味的长短，也就是把酒咽下去之后，它们的味道还会在口腔中持续多长时间。和好茶一样，那些味道柔和细致的高级酒也会有长达数分钟之久，如同绕梁余音的不绝回味。

酒喝多了，吴不可会常常叹息当年不该学文：“学文的是做学问，懂得越多，懂你的越少，曲高和寡，越来越孤独，远离大众。而那些学理的，不说医药、卫生、数学之类专业越提升越值钱，哪怕只是熟练操作工也是越来越受到社会需要。从变现的角度来看，学文太亏了。”

吴不可出了交通事故，人还在，两条腿没了。

我在电话里说要去博白探望，吴不可忙阻止我：“我要不在了开追悼会，你来我也管不着。但现在来干嘛？看我在床上一动不动？听说你组织了一帮同学捐款，有心了啊。”

“同学们都委托我作代表，来看你。”

“哥们，我实在不愿意你来……你知道，我好个面子。”

一种苦涩之感从心里涌上我舌间，使我说不出话来。

吴不可强笑着：“把钱打过来就行，现在比以前还方便，用支付宝，能及时到账的。”

“你现在想喝什么茶？我寄点给你。”

“我现在想喝酒，一醉解千愁。喝茶，越喝越清醒啊。”

“不可……人生所遇无不可啊。”

“知道，知道。”

半年后的一天晚上，吴不可拍了张拄着双拐的照片，通过微信发给我。我回复：“你开始人生的第二次起步了。”

吴不可回复：“雷诺阿说过：只要有点进步，那就是进一步接近死亡。”

我想了半天，回道：“人从出生都在奔向死亡，早晚而已。”

吴不可发语音来说：“不用安慰我了。生活，我琢磨着，拆开来讲，生而活之。大多数正常人支着两条腿，或许只是惯性。而我不动，有什么不可以？老子：淡如海，漂无所止。”

我回道：“看来你在病床上又读了不少书，现在境界高了一个层次，我建议你重新考虑写东西。”

吴不可接着说：“我刚喝了酒，说的是醉话啊。写东西是不行了，不过最近喝酒我有个心得，浓香型白酒全国就三种风格：川酒浓香，口味爆，香味重；华东出的酒，浓香绵，味淡；贵州那边，浓香，柔顺，味香，带酱味。哥们，记住了啊。”

“酒少喝点。我一直没和你说，后来还经常想写东西，写来写去，还是觉得不行啊。天赋不行，描写能力很差，想象力也不行。我不得不安慰自己，平凡可贵。”

沉默了好一会，吴不可说道：“何以解忧啊，文学还是慰藉不了我们。哥们，我好痛苦，现在，一点尊严也没有。”

这时我打了一个视频电话过去，见吴不可醉眼蒙眬，也翻出瓶酒，倒了一杯，向着视频说：“不可，来，咱哥们多少年没一起喝了。”

吴不可伸出手：“来，划拳没忘吧。大学怎么喝酒的？没菜，喝酒舔手指，我还剩三根手指没舔。有一次你舔完了，我怎么说的？哈，借你一根。”

两人对着手机划拳喝酒，喝了几杯，上了头。吴不可突然高声朗诵着：“浩浩乎！平沙无垠，夐不见人。河水萦带，群山纠纷。黯兮惨悴，风悲日曛。蓬断草枯，凛若霜晨。”

我放声喊着：“不可啊，好好的啊，想想父母家人和孩子，总还有些东西让我们留恋的，闭了眼睛，什么都看不着了。”

不可在手机那端“嗯嗯”支应着。

我在心里说，对不住，哥们，我不会说安慰话，这些廉价的同情心，对你一点用处都没有啊。

收到一大箱茶，各种有年份的好茶，吴不可邮寄来的，里面有张随笺，写着几行诗：

为了能够辨认出你们
春风吹绿的脸
我须在秋水中看杨柳
须要牵住身体里匹马
它正沿碧溪的对岸……

我隐隐预感到他出事了。打电话过去询问，得知吴不可一个人在家时，一点一点挪到阳台，从11楼跳了下去。

我想起前段时间他发来的微信：你快递来的茶太好喝了，但我喝得很孤独。不知道此时谁还能喝到这种味道，不知道明年还能不能喝到这个味道。唉，茶叶中有高洁清明的少年意气，酒中只有糊里糊涂的中年郁结。

我无可名状地惆怅，回：今天是昨天的明天。

吴不可隔好长时间回：今天是明天的昨天。

终于，我动身去了博白。我找到博白中学，沿着门前的朝阳路往西边一直走，到了江边。还是刚毕业那会儿，吴不可说他喜欢周末到南流江边，坐在石椅上寻找文学灵感。

我沿着南流江一直走。走着，走着，水面显出吴不可身影，他对我说："哥们来了啊。"

吴不可继续说："老铁啊，废名说得好：人生只有离别时好，重逢时好，这时我们不俗！"

"哥们，咱们好像还没这么正经喝过茶。"我慢慢把茶水倒进河里，之后又拿出瓶酒，"哥们，我也陪你喝个酒。如有故友碰残杯，万般心事一般挥。这句诗，我俩都喜欢。”于是我揭了瓶盖，仰脖喝一口，倒一口江里。

——其实，我并没有到博白，到站后，没有下车，准确一点说，只是途径博白。

——然而，我今生再也不会去博白。

茶泡饭

喝茶突然没味道了。口感丢失遇到过，常常是过一段时间就好。这次怪了，十多天过去我的味觉还回不来。

我在电话里向姐姐吐槽：“喝茶就像喝墙。”姐姐有点不以为然，建议我隔段时间再喝茶，以保持味觉、嗅觉的灵敏。

姐姐兴致很高，话题一转说起最近有新吃法：“果丹皮双面裹潮汕酸梅粉。酸梅粉研磨略粗点比较好， 摆盘后上面喷一点点白气泡型甜葡萄酒，放冰箱冷冻40分钟，具体有多好吃，自己想。”

“还有芒果加红心火龙果加一瓶养乐多，加一点矿泉水，榨汁，配着喝！”姐姐最近几年尝试自己做菜，天分一下子被激发出来。饭店里面吃的觉得好的，仔细看下，回家试验两次，做出来的菜基本上口感也差不多了。平日里吃的她都要花上不少心思，比如馄饨调料她是这样调的：开洋切碎，用绍兴黄酒浸泡两小时，再用新鲜上等榨菜沫，加上紫菜、香菜、蛋皮、小葱、猪油，再加上一点点香菇粉。

我长期在外，经常想念姐姐做的两样小菜。

一种家乡话叫呱唧菜，这个名字是因吃起来呱唧呱唧来的吗？妈妈做的呱唧菜里也只有咸菜、黄豆芽。姐姐做的时候会加很多料，笋干、腌菜、豆腐干、油豆腐果、百叶、香菇、木耳、黄花菜等等。我常常来上三大碗粥，吃圆了肚子，还想再加一碗。

另外一种是腌制蕹菜，就是空心菜，广东人叫它通菜，四川人叫它藤藤菜。用米醋腌过的空心菜梗，吃起来脆口鲜爽。

“怎么会没有味觉呢？回想回想这些年吃过的难忘的美食。”姐姐说。

“嗯，黔西南安龙孙老六清真馆，油香焦黄酥脆，还有个顶个的饺皮，外皮爽滑筋道；漳州平和九峰镇上的满口香白皮饼，咬着酥软，甜而不腻，那边常见的椿臼面，柔韧有弹性。

“忘了跟你说了，前些日子，我去了趟饶平，走到一条平常小巷子里，有卖糕的，看上去挺松软的，以前没见过，要了两块，边吃边走，表皮松软滑润，咬着好有嚼劲，花生、芝麻香在口中环绕，好吃，真好吃，真想回头再买上几块，问了一圈却没人知道，后来在泉州才被认出来，这叫满煎糕。

“小吃？河南胡辣汤、常德米粉、武汉热干面、福州的锅边糊、霞浦的米线糊……一定要去沙县吃当地小吃，扁肉薄如蝉翼，超赞，拌面柔软润滑；还有烧麦，晶莹剔透，跟沙县以外吃到的真不一样。福鼎也是小吃之城，除了最有名的肉片，炒米粉和海带汤值得推荐。梅县的仙人粄，也叫烧仙草，赖瑞和在《杜甫的五城》中多次提到，介绍时叫人直流口水。这个福建也有，到梅县才体味到那种柔滑的感觉，不吃上几碗不过瘾。

“水果嘛，今年研究了下荔枝，桂味和糯米糍品种最好，清甜、无渣，但要选老树荔枝。高州鉴江红推荐下，颗粒大，肉质细腻，甜度适中。鉴江红不是每年都有的，今年荔枝大年才有。还有樟木头的观音绿，永春岵山荔枝也不错。

“荔枝就是不好保鲜，要干冷保湿，这个懂的人不多，就算懂了也不会这样运输，因为快递成本增加不少。收到荔枝后用冷水泡上五分钟口感更好（运输途中温度高），吃荔枝怕上火，可以把荔枝壳洗干净，加适量盐煮水喝，泡点陈年安茶也是一样效果。

“新疆小白杏。新疆人说‘从牙齿甜到腰上去’，说的就是这种看起来嫩生生、咬下去软糯香甜、质细多汁的白杏。高处的采摘不到，一直垂在树上到秋天，这种自然风干的杏干，当地人称之叫‘吊死干’，同事宋涛让家人专门邮寄来的，别有风味。

“冬天在武夷山转的时候，咦，怎么到处都是这么大个青菜，问了知道是芥菜，这个芥菜晒干做小菜，搭粥肯定好吃，你要试试。

“重口味的？那就辣椒炒肉吧，椒要湘阴樟树港的辣椒，肉要宁乡的花猪肉，如果在广西桂林，就一定要龙脊出的辣椒，够味。岳阳乾明寺边上的天宝虾尾，每年都要想上一想，夜宵摊上的烤鱼、烤韭菜也蛮有味道……”

“听你这滔滔不绝一大堆，怎么会失去味觉？说吧，最近有事？”姐姐打断了我。

“做不下去了，感觉领导老针对我，每天上班都是煎熬状态……看我想着老是换工作，家里又要说我……”

“那就别做了，到我这来住段时间，调调口味吧。告诉你今晚我喝的什么汤？杂烩汤——武夷山竹荪、兰州百合、云南火腿，加上黄瓜，这个院里邻居种的，今天刚摘的，送了几根过来。”

我沉默了一会，开了口：“其实我已经不上班一段时间了。”

这些年我不断地尝试茶叶，碰上不错的常常邮寄些给姐姐，她对茶叶不是特别在行，敏锐度却超过一般人。比如她说早上5—7点摘的茶，可以明显喝到甘露（寒露）的滋润，润感、回韵明显；最高级的回甘表现，是在喉部会带有薄荷一样的清凉感，呼吸之间，都感觉口中清凉。

我到了姐姐家，第一顿晚饭简单却又讲究。牛肉菜泡饭——牛肉要用煮熟的，切成小粒粒，加水加冷饭进去煮，青菜切成细的，等牛肉和饭煮差不多再放进去，再加点白胡椒粉。炸馄饨——先是保存在冰箱里用生冰冻过，再用空气炸锅炸出来，这样的馄饨表皮会有冰裂纹但不漏汤，咬上去口感是又脆又多汤汁。佐餐水果是一盘各种颜色的小番茄，是有机农场的试种品，姐姐一种一种叫出名来：浙樱粉、黄妃、金太阳、千禧、黑小子、红枫铃、甜美30。这几样食物好吃得让我腾不出嘴来说话。

吃得心满意足以后，我禁不住发问：“姐，你真不考虑下个人问题？”

姐姐一直笑着看我，听到我这一问，眼睛转向别处，说：“在这里好好呆几天，别问我个人的事，我不问你工作，也不会和家里说。”

这几天姐姐特意调休给我做菜，我过上了“躺吃”的生活，每天都有一道道别致的菜让我眼前一亮。即便是家常的蛋炒饭，也和别人的不一样，那黄金小粒在锅里上下翻跳着，像在舞蹈。

早上姐姐准备的是茶叶蛋。咬了一口我就禁不住喊出来：“好味道，快教教我，其他我难得搞，这个容易，我学来做。”

姐姐轻笑一声：“这个容易？你且听好。

“茶，是用的几年前你给的广东英红加足火的大红袍，红茶上色，岩茶取味。英红香气好，味道鲜爽浓醇，大红袍目前大多是拼配的料，本身滋味就有层次感，煮起来更好一点。我用个茶包把这两种茶包起来，和煮熟的蛋放在一起，清水加进去一起煮开，然后小火，再就是慢火煮个三四个小时，关火。这是第一天啊，焐着，就不要再煮了。

“第二天白天再煮，煮开的时候呢，就把茶包撩起来扔掉。那个茶包一定要扔掉，因为茶多煮了你也知道不太好的，这时候茶汤已经有颜色了。慢慢再煮个两个小时，小火啊，然后关掉。晚上再开火再煮。这个时候你要放盐了，口感自己调，觉得咸淡你都可以调。然后再关火，再放一夜。

“到明天，不，是后天，第三天了。早上拿出来再煮，煮开，嗯，这会儿可以吃了。呶，你现在吃到的就是两天前就开始煮的鸡蛋。知道吧，所以茶叶蛋其实是很烦的，没有三天，这个味道根本没办法进去……”

我皱着眉头说：“难道没有简单一点的？”

“鹌鹑蛋吧，小，容易入味。先洗干净、煮熟，拿出来再洗，把蛋放篮子里颠，这样容易碎缝均匀，后面加茶叶再煮。”

“这也不容易啊。”

“你说，哪有简单的事？”

“姐你这是借茶叶蛋比喻，说我太浮躁了？”

“你喝茶这样专注，放点心思到工作上，肯定不一样。”

“不是我的专业能力，而是我的性格。你知道我是特别纯粹的人，所言所行完全是由着自己的喜好来的。表达方面确实有点问题，说话情绪太外露，总是想一次性把话陈述到位，像机关枪，没有转承变化。还有老是以自己的标准来衡量别人，常常说得别人很不舒服。”

“我觉得尽量克制吧，如果说话缺乏艺术，容易让人不舒服。实在不行就少说话，说话的时候，先等别人说完呗。”

“怎么喝出茶味？茶本精素简洁，给你做茶泡饭吧。”姐姐说，“茶泡饭应该也是最本真的味道。俗语也说，好看不如素打扮，好吃不过茶泡饭。”

《茶泡饭之味》是小津安二郎的一部电影。小津说，电影以余味定输赢，在内容表达上自然而然形成余韵。姐姐说：“好的茶叶一样啊，也讲究余韵。原节子是小津眼中日本最好的演员，也是小津电影中出现最多的女主角，细微的动作传神地表现喜怒哀乐。她的笑容是躲在脸上的，借用芥川龙之介的两句——君看双眼色，不语似无愁。”

这一天重温这部电影，姐姐看着电视屏幕说：“你觉得龚雪是不是有点神似原节子？龚雪你是没见过，和原节子一样，在上世纪风华绝代。这是做电影演员的好处，银幕记录着她们最好的年纪，一朝风华，万古长青。”

除了艺术电影，姐姐还爱昆曲，因此她运字行腔、精微细致。但姐姐不完全脱节于时代，她也听民谣歌曲，她的单曲循环最早从南方二重唱的《相知相守》、赵节《我的最爱》，到近年的谢春花的《借我》。她是从歌词听出了时代感，“上世纪中的‘总是默默看着你走’到现在的‘借我孤绝如初见’——这一句词好凛利，只有年轻时候才能写得出啊”。

以茶为食早就有之，日本的冈仓天心在《说茶》一书中，记录了中国的这种饮茶方法：“把蒸好的茶叶放在臼中碾碎，之后制成团子（团茶），和米、姜、盐、橘皮、香料、牛奶一起煮，有时还有洋葱！”且不说广西、广东、福建一带的民间擂茶、潮州薰豆茶，就在江浙一带，至今还保留着茶食招待客人的传统——碗里放上茶叶，然后放入芝麻、晒干的青豆和胡萝卜片，再冲上滚开的热水端放在客人面前。

姐姐的茶泡饭，就是茶水泡饭。她第一次选用的茶是昔归，天下普洱，莫出昔归。我们都钟爱那股独特的、类似于原始森林中野生菌子的香气。

用什么水？姐姐用筷子搅动水，停下来让我看——水上就现出一条细如银丝的分水线，这是比重不同的自来水和山泉水混在一起而产生的。

姐姐问：“能喝出茶味吗？”

我点点头，迟疑着："有一点。"

再选的茶是荒山野放白茶银针。白茶是六大茶类最本真的茶，高山茶场的银针，选的不是采针，是拨针——拨针是采的茶青，去梗去叶精挑，剩下来是针，滋味足，有茶劲。

这一次完完全全尝到了茶叶的味道，我欣喜地说："舌头回来了。"

"舌为心之苗窍，心明则五味明。这些天你想通了吗？"姐姐说，"我们院长能说会道的，他平时怎么说话呢，是这样，语速放慢，再就是多用比方，多用问句的方式。问句，带有逻辑的，推出下一句：我们来看……这里面……那么……或者设问，是不是可以……同样的……"

我看着姐姐笑。

姐姐自幼患小儿麻痹症，双腿无法自然行走，这么多年没有出过本市。我答应过她，代她去行走祖国各地，代她去尝遍世界味道。

茶称子

和小杨论交，始于大岗岭野茶。

那几年我对茶叶正发热，满世界找好茶，看到小杨博客漫谈徽茶，力推家乡茶叶，留言想试试。于是我收到了一小盒绿茶，心想着这人不算大方，喝下去却惊叹，诚不我欺，这样的茶，怎能轻易与人？

“真者甘香而不冽，啜之淡然，似乎无味，饮过之后，觉有一种太和之气，弥沦于齿颊之间，此无味之味，乃至味也。”喝了大岗岭的野茶，我把古人评茶的这段话在电脑上打给小杨。

小杨很快打电话过来，语气很激动地说："喝出这茶好的人不多。有些人不是喝茶，是看文字买茶。大岗岭的野茶恬退隐忍，内有风华，代表着徽茶的高度，能喝到真是福分。"小杨是由多年资深茶客转为茶商的，茶叶情怀一直没变，他只卖自己也喝的茶。他的茶叶要求必须是高山、生态、手工制作，一年只采一季。

安徽岳西人小杨，特别钟情家乡大别山山麓的茶叶。在他眼中，岳西生态最好的茶叶在河图镇，他每年主推的吴架山、大岗岭茶叶都来自那边。此处茶叶处于天然放养状态，茶芽叶紧抱，生长缓慢而内含物质多，香气自然清高。其中大岗岭海拔最高，约1400米。大岗岭野茶，入口时如同一杯白水，而后却茶气绵绵不绝，但因为香气很淡，常常被一般茶客忽略。

高山茶园，多数处在崎岖难行的山顶，采摘不便，运输也很难，要集中在几天内把那么多的鲜叶采摘下来，是个艰难的任务。每年春天小杨都会去产地代茶友订一批茶，而他要求的高品质茶叶，相对数量更少。自己走进农家，现金付款，出比别的茶商稍微高一点的价钱也只能买到一些，茶农希望将这个高端品种卖给规模大的茶商。

说起茶价，小杨常常陷入尴尬境地。他的茶叶价格远低于品牌茶企，被大茶商说有意"扰乱市场"。但对于大众市场，他的价格又高了。小杨说："自己也搞不懂，现在人人都嚷着要喝有机茶、手工茶，却去选几十块一斤的茶。这每一口茶，都有茶农用心卖的草甘膦啊。"

谈及茶叶市场的一些现状，小杨连连摇头："不懂的人，以为抢了市场之先，却已经喝不到原来的味道！"

很多茶叶已经不再是传统做法了。比如六安瓜片，传统工艺制成的瓜片香气和滋味都偏柔，得静心细品；而现代工艺制作完成的瓜片，香气和滋味都比较张扬，粗喝就可以，所以更能被市场接受。老茶树群体大瓜子种，以前要到每年4月10日左右（清明节后）才会开园，传统工艺制作的话，成品茶上市要在谷雨前一个星期左右，可等到这时候上市，绿茶市场价格已下降了很多。拉老火是瓜片起霜的重要工序，之前有个自然回疲的过程，许多茶农为了有个好价钱，在拉老火之前洒水或夜露。这样的话，本来需要七天才能拿出的瓜片，三天就可成茶。

再说祁门红茶，当年震惊欧洲的“祁门香”，做法已经悄然改变。作为工夫红茶的一种，祁红外形分为本身路、长身路、圆身路、轻身路，实际就是切碎后筛选。现在国内红茶市场一致追求外观条索，特别是金骏眉红火以后，祁红也跟着讲究鲜叶的细嫩度，原本谷雨采摘现在都提前到清明。

今年春天，我和小杨相约去试制传统霍山黄芽。见面才知道，茶叶其实是小杨的副职，他平时是一名滴滴司机，每年三四月才休息一阵，专心做一季春茶。

我开玩笑说：“小杨，你大隐于市吗？”

小杨说他是个念旧的人，衣服非要穿破了才丢，手机都用了五六年，这种性格跟不上时代的趟。不喜欢太算计，以至于他根本不会做生意，平时当个司机自食其力。做茶叶是他自己喜欢的，自己是个茶客，知道一众茶友想喝的味道。

霍山黄芽是六大茶类黄茶的代表，但这几年基本是绿茶做法了。现在整个霍山乃至安徽地区，那种焖黄的霍山黄芽基本上见不到了。小杨与这次见面的茶农老梁已经合作了三四年，是霍山地区公认的“茶称子”（意为做茶的台柱子），也只有他会用传统焖黄工艺制法。

我和小杨见面后，驱车赶往霍山。老梁一直在电话里催我们快去，说那边焖黄试验的第一批即将出桶。途中都是十八盘的山路，小杨不敢开快，下午五点左右才到达。我环顾这个村子，放眼望去都是竹子，竹子稍微动就如波浪一样，一浪接过一浪，好一片竹海。

车子还没停稳，老梁已将装有焖黄的桶放在了大门口，急切道："快，快，我都急死了，生怕焖过了。你们不早点过来，我上午就拉毛火了，从来没焖过这么久，整整50多个小时了！"

小杨笑着说："没关系，时间久了，黄茶的特点更明显。"

掀开桶盖的一刹那，小杨呆住了，叫道："我滴乖来，真得味！"我忙凑过闻，好香！

这里的鲜叶与其他地方的区别在于：这里的鲜叶伴有花香，芽和叶都带点淡黄。小杨说："现在，看看采下的鲜叶，还未发酵就散发出幽幽的花香，非常好——这其实和买水果一样，闻起来香的水果，一定会甜；反之，靠近都闻不到香味的水果，还是别买了。"

老梁微笑着说："这几天老太婆一直骂我，说这事做得太大胆了。如果做坏了，小杨不要，我要自己贴钱进去。这几天我晚上都睡不好，睡上一阵就要起身，掀开桶闻一闻。"

小杨忙说："真要做坏了，肯定不能让你贴钱。"

老梁嘿嘿笑："那哪儿能？"

老梁家祖祖辈辈都是制茶的，他爷爷制的黄大茶远销山东。他制茶已有30多年，但这种用高等级的鲜叶原料制作焖黄芽，而且焖黄时间这么久，还是第一次。

晚上采茶工回来了，共得毛茶30斤左右。高山茶难采，手脚麻利的茶工一天可采两斤多鲜叶，而四斤多鲜叶才成一斤毛茶。金鸡种鲜叶，黄灿灿的，都是独芽，微微暴口，恨不得生吃了才好。收来的鲜叶，经过筛分，均匀薄摊于竹席上，山中夜里温度低，萎凋一夜，准备第二天清早装桶启焖。

小杨和我在路上合计着，这次要盯着看看传统的焖黄工艺到底是怎样。做茶的原料和工艺相对简单，最关键的是火候，需要盯着师傅，看到什么样的含水率开始启焖。迷迷糊糊睡着，听到鸡开始练习式地打鸣，听到房间隔壁老梁压着嗓子的咳嗽声，小杨忙推我起床。

梁大娘见我们起床，招呼着吃早饭，小杨向我使了个眼神说："你去吧，我肚子有点不舒服，我先去梁师傅那边帮帮忙。"

梁师傅见小杨要走过来，起身回屋里，说："先吃早饭，茶叶还要再等下。"

梁大娘一旁说："采了山上野蒜做的饼，可香呢，就起锅。"

老梁端着碗出门，说习惯在院子里吃，畅快。

野蒜饼果然好香，我们抢吃了几锅，梁大娘一旁说："有呢，有呢。"

最后我和小杨撑着肚子出门，走到院子里，发现匾子里筛过的茶叶已经不见了，只见老梁那碗粥搁在椅子上似乎一口也没动。我们转到偏房，老梁已经将毛茶装桶启焖了。

小杨甩了下手说："梁师傅，你这手脚挺快啊。"

老梁回答道："啊，啊，干了几十年，习惯啦。"

远远的鸡叫，一声递一声。

那批试制的焖黄芽可以喝了。那个黄灿灿的金鸡种鲜叶，让人爱不释手，恨不得生吃了。老梁抓了小一把丢进杯子，倒进开水，一会儿就是黄叶黄汤。小杨急忙吹了几口，泯一口茶汤，惊呼起来："好茶！栗香、谷香、花香交融，实在很难形容其香型，不过闻起来很舒服，看起来茶汤淡黄明亮，喝起来温润、鲜醇、绵柔。"

梁师傅凑过来闻，瞪圆了双眼，说道："就是这味啊，以前的黄芽，都是这味道。"

晚上，小杨从车后备箱拿出两瓶酒来，说："是朋友送的原浆酒，今天传统黄茶试制成功，我们为梁师傅庆功。"

酒喝到位，老梁敞开了心扉："小杨，你都跟我们交往三四年了，我今天跟你说句掏心窝子的话。你这次订的茶，全部是我家茶园的，一根外面的都没有！"

"你说以前给我的茶有掺了其他的？"小杨惊呆了。

老梁慢慢道来："第一年来我们家拿的茶，十斤里只有五斤是我们家的，其他是村周边的。如果全是我们家山上鲜叶，给你那个价，本钱都收不回来！"

小杨拍了拍脑袋，笑着说："怪不得。我想呢，第一次就碰到这么实诚的茶农。"

"你看我们这的大部分霍山黄芽，其实卖的是其他地方的茶！所以第一次接触，我们是不会拿真心对人家的。第二年拿，有百分之八十是我们家的。这三年了，看得出你是真心实意做茶，也是真心爱茶，所以我掏心窝子讲！今年绝对没有山外一片叶子！"

梁大娘胳膊肘支着老梁，在一旁赔笑："老头子喝醉了，把这些话都拿出来讲。”

“老太婆，你不懂。我也得亏遇上他们啊，今年的黄茶，也是我一直想做的茶啊。”老梁面朝我们说，“但是这个做法，可是我们的吃饭本事啊，不能让你们看到，实在抱歉啦。”

小杨说：“梁师傅，我今天上山转了转茶园，你们这里不但石头多，腐殖质也厚，所以茶味道浓。但听说你去年也用上除草剂啦，这对茶叶有损伤啊。”

老梁说：“我们也想自己拔草啊，但山上草太茂盛了，长起来能盖住茶树，找人来除草可是一笔不小的开支啊。”

小杨建议：“可以尝试种植牧草，这种草长不高，冬季也能形成有机肥料。此外羊粪肥和草木灰本来就是农家现成的，可以在冬季施用一些到茶园，能提升茶叶茶质和产量。”

老梁端起杯子敬小杨：“别人叫我茶称子，你才是啊！”

我借着酒劲儿劝老梁：“你这儿女现在都在城市里，你这技术留着也没用，不要失传啊。”

老梁摇晃着身子说：“你大城市来的，说说我这黄茶手艺，能卖几个钱，几万块有没有？”

当晚小杨喝高了，和我絮絮叨叨说了又说，他的理想是有一座自己的茶山，做一家可传承的百年茶庄。云山雾海中，到处都是鸟儿啾鸣，每一个流逝的春天里，第一缕晨光穿过薄雾时，都能看到茶芽上的露珠，亮晶晶的，不断眨着眼。

在潮州

我在牌坊街溜达了一圈，终于看到李家私坊茶的招牌。

在一家知名的自由行网站，有一篇潮州游记旅行攻略图文并茂，非常详细。在这篇游记的一张照片里，茶叶店的单丛茶汤很深，这样的茶色，应该是足火工艺的。现在市场上的单丛追求香气，都是轻火。传统足火，少见了。

有个60多岁的老人家正坐在店门口一侧，俯身独饮。游记里看到过，正是店主。许是常来常往的人多，客人上门，也不招呼。我站在店门口望了望，店内陈列着几排不锈钢罐子，贴满各种单丛标签，货架上还摆了很多陈年柚子茶和潮州三宝。

我拣了板凳在门口坐下，店主冲淋了杯子，示意我喝茶。我上前搭话："看到你店里以传统足火茶为主，特意来试试。"

店主笑着点头，说："现在认足火的人不多。"这老人家做茶50多年了，茶叶原料是从凤凰山收的，一直都是自己焙火。说起现在市场上单丛高香味，老人家说加了香精的。我心中疑虑，却不便反驳，想到凤凰山看看再说。凤凰山是单丛茶的原产地，离潮州市区大概20多公里。

我想多试几种茶，买点带走。店主却说今天太晚，这一泡两人对饮已经足够，明天有时间再饮。我说起明天就去凤凰。店主让我不要着急，回来再来喝，喝到好再说。

说话工夫，有个背包客站在我们面前，问是不是李家私坊茶？见店主应声，来人再问："老板，你这家老枞好多年？"

店主惊讶地反问："你怎么知道我家有老枞？"

来人手机上翻了一阵，递给店主。我凑近了看，正是和我看到的同一篇游记。

店主惊讶地问："你从汤色就能看出来是老枞？"

背包客笑笑，坐下喝茶，顿了一会儿才说道："刚到潮州，还没找地方住呢，急着来尝老枞。茶里我只喜欢老枞，武夷老枞水仙、老枞梅占，凤凰单丛也是。"我听了心中惭愧，自己从照片看出足火，还挺得意，别人都看出茶叶树龄来。

店主问："是不是做茶叶生意的？"

"我从长沙来，上班族，就是看到这边有传统足火老枞，特意休年假过来。”背包客咂咂嘴笑着说，“这茶，真得味。”

这时一对年轻情侣从路边走了过来，扎着马尾辫的女孩左右巡视了一遍，眼神最终停在店主身边的烧水壶上，对边上小伙子说：“就这个。”

小伙子下巴留了一撮胡子，走过来问店主：“老板，这是不是手工铜壶？”

店主答道：“确实是，用了好多年了。”

女孩雀跃起来，说：“我看到网上的照片，一眼就看到您这把铜壶是手打的，现在会做这种手工铜壶的人越来越少了，可找了有些年头了，我那茶室就缺这一把。”

小伙子笑着说：“嘿，瞧您这高兴的，咱还没买上呢。”

听着是北方口音，我在旁边问：“打北边来？”

女孩答道：“是，我们就爱收集民间艺术品。”她拿过壶，瞄着手机，比对着。

背包客眼睛扫过她手机，叫起来：“我看的也是这篇游记。”

店主拿过手机瞧了瞧，说：“哎呀，可真要好好谢谢那位拍照片的。小姑娘，你来的可不是时候，这把壶早些年打的，壶在隔壁巷子里就可以打，不过现在找这家做壶的人太多了，只能预订着，估计得三年以后才能取。”

女孩说：“真是要三年哪，咱也愿意等着。”

小伙子附和说：“过三年，我和你一道来取。”

后来，一个40多岁的男人，满脸笑容，欠着身子，从街对面边走过来。店老板站起来，变了脸色，用客家话对着他厉声说了好几句话。

那人先是站定听着，而后用普通话说：“骂完了吗？这会儿有事，以后过来再骂吧。”

随后他面向我们，问道：“啊？哪位是阿泉？”

我忙站起来回答道：“我是。你是阿力吧，小陆的朋友？”

小陆是我的同城茶友，我们会定时约个茶会。他喜欢到处走，人脉挺广。刚在微信群里看到我在潮州，说让茶友来李家私坊茶找我。

阿力说：“是是是，快走，快走，我们去吃夜宵。”

我看店家余怒未息，众人正看向自己，走到阿力身边。他催促着：“走，走，牌坊街里面吃不到正宗的啦。”

他带着我走出一段，在岔路口看见辆人力车，讨价一番后上了车。在车上我问他：“怎么得罪茶店老板啦？”

阿力摆摆手说：“老人家嘛，很多事情不懂的啦，沟通不好的。哎，我带你去个地方，那边的味道才好。上次那个谁来，都说好吃，你们是一样口味的啦。”

说着阿力将手机伸过：“来，扫我，加个微信。”

互加了好友，阿力翻看我朋友圈，奇怪地问：“你说你来潮州，一个消息都没发？你都不发朋友圈你来潮州，怎么证明你来过？”我不知如何辩解，想想也是哦。

到了地方，是个店面很小的牛肉火锅店。我抢先把钱塞给了人力车师傅，阿力说：“怎么好意思啦，等下吃饭你再给钱，我可真要急了。”

阿力招呼我坐下，自己在外面摊头点了一堆。坐等上菜，阿力问：“刚才找了你几块钱？”

听我说是两块，阿力跳起来：“明明说好的七块钱，应该找三块的，等下我去找他。”

我忙阻止：“蹬三轮车的，不太容易，一块钱嘛。”

阿力说："一码归一码，一块钱，几十趟生意算算多少？对了，你要买李家私坊茶家茶叶？"

"茶怎么样？网上说还可以的。"

阿力说："他家的茶还不错，在我们潮州单丛界，能排名前十的。"

我笑着问："这个是谁排的？"

阿力拍拍胸脯回答："我啦。你要买茶告诉我啦，什么样的茶我都能找到。"

看我没吭声，阿力忙说："不是我，找别人，朋友，朋友啦。"

说话间，菜品端了上来，有好几种。阿力解释道："这些都是牛肉不同的部位，看，这个叫脖仁，我们叫'雪花'，是潮汕牛肉火锅中最顶级的部位，就是位于牛脖子微微突起的那块儿……"

牛肉很嫩，配料也好。脖仁、肥胼、吊龙伴、匙仁、五花趾、三花趾……阿力说从来分不清这都是牛的什么部位，但知道哪部分好吃。他对本地的风俗小吃都很熟悉，又碰着我这个吃货，我们聊得很投机。阿力问我的行程安排，我说明天打算去凤凰山，根据查的路线攻略，先等庵埠的车，到了凤凰镇，再坐大巴车上凤凰山。

"这样太麻烦，明天我开车载你。今天原以为要陪你喝点酒，都没开车来。"

我忙说不用。阿力坚持就这样说定了。"你明天早上去吃镇记牛杂汤，那个最有名了，来潮州的人都要吃一碗。吃完可以再逛逛边上西湖公园，到时我们在公园门口会合。"他又交代，镇记牛杂汤有几家，要找到门面最大的那家才最正宗，边上是他们家亲戚开的，味道不行。

阿力起身去结账，一会听见他和老板吵起来。我忙上前问怎么回事，阿力说：“刚才听闻有茶友过来，就匆匆跑来，忘记带钱了。奇怪的是微信绑定的那张银行里居然也没钱。”

我忙说：“没多少钱，我来付吧。”

阿力急了：“哪用你来！老板，我这苹果手机押在这边。”

我忙说不用，并手机转账付了钱。

“这饭店老板是做生意没多久，以前谁不知道我阿力，算啦，算啦。”

分开时，阿力叮嘱我，不要忘了，明天早上九点半西湖公园门口见。

第二天早上八点多，阿力打来电话问：“有没有去吃镇记牛杂汤？”

我忙说，正要去呢。阿力提醒我：“昨天忘了跟你说，你要份中碗，15块的那种就够了。要是北方来的朋友，估计才吃得了大碗。”

吃完镇记牛杂汤，兜了一圈西湖公园，出来在门口等阿力。到点了，我打电话给阿力。阿力说：“就到，就到。”我左顾右盼，差不多到十点，阿力才从车上摇下窗叫我上车。

我坐上副驾驶位置，一瞄后面还有对情侣。阿力说，路上碰到的，也是顺路，就带了。

我认出是昨天李家私坊茶那对情侣，就跟他们打着招呼：“哈，正巧。你们铜壶订上了吗？”

女孩抢着说：“怪不得刚才觉着见过您，原来是昨天晚上就见着了，今天早上就因为去订铜壶，时间晚了。没按那个攻略走。”

随后她冲阿力笑了笑说："您看，都是熟人，就不能少一点？"

阿力耸耸身子说："你也对比了，也打听了，刚才还没少磨嘴皮子，我真不是做生意的。因为我这朋友要上凤凰山，才顺带你们去，就是捞点油钱。"

女孩身边的小伙子笑起来："我听一朋友说，广东人把外地人叫捞仔，过来捞钱的。您这也是自个做了一回捞仔啊。"

"那把铜壶，真要等三年？"我插话问。

马尾辫点点头："是，想想可以有个三年念想，有盼头呗。"

乌岽山确实交通不方便，如果是坐公交大巴车过来，只到凤凰镇。旅客中心倒有大巴车上山，但一天只有几趟，还得等人坐满才上山，要是自己走路上山，用时超过四个小时。一路开车都是盘山而行。

途中，阿力对我说："是吧，我说的不错吧。路不好走，不是本地人，谁敢开上山。"

终于到了，我计划先找个民宿安顿下来，再去爬天池。从车上下了行李，和阿力道别。阿力说："等你明天下山，再电话我，我来接你。"我连声说不用，到时回潮州，来得及再一起吃个饭。

阿力不回话，在路边吆喝着："谁要下山回潮州？"凑满一车人，他开车下山去了。我则和那对情侣找到民宿。

走进去，有人在客厅站起来和我们打招呼，正是在李家私坊茶遇上的背包客。他嚷嚷道："你们没按那篇攻略走啊！我是一大早坐了班车，刚坐旅游大巴上来的。"他指着旁边的老板说："你们瞧，老板果然很热情，已经泡上茶了。"

我叹口气说："是啊，他应该会拿出一款叫什么鸭屎香的茶，然后跟我们解释名字的由来，说名字不好听，但味道特别好。还念了一句诗，可惜记不得了。"

女孩在旁边悠悠念道："叶散香初动，杯倾气若存。"

背包客瞄着茶叶罐子，叫道："嗯，全中！说吧，那下一步做什么？"

回去时间赶，我从凤凰直接转车去潮汕火车站，在车上我发了条微信给阿力，感谢他的热情招待。阿力回了个电话过来："这么着急就走？我还是没有看见你发微信朋友圈啊，你不是到了乌崇了吗？"我支支吾吾地回答说，回头就发。

过几天去茶馆，我特意包了一袋单丛送小陆，感谢他让茶友招待我。喝茶时说起去潮州的行程，刚说到一半，小陆说："你等等，我来说。李家私坊茶、牌坊街外牛肉火锅，以后是镇记牛杂汤、湖公园门口、开车上凤凰山，还有吗？"

我惊呆了，问小陆："这个阿力，是不是说潮州以前是南蛮鴃舌之地，说凤凰山的水质全国第一，也催着你发朋友圈？"

我们面面相觑，难道招待远客，也可以把内容同样复制一次？

乌托邦

自从有了微信群，往昔的岁月似乎也回来了，我进了好多群——现单位和前单位的同事群、不同时期的同学群，还有老街坊群。今年回去过年时，表兄妹也建了一个群，把一帮长辈都拉进来，发红包，抢红包。

大概十几年前，网络还没有这么普及的时候，陌生人社交刚兴起，很多人跑到网吧，就是挂着QQ聊天。各种聊天室也红火了一阵子，网友们天南海北瞎聊，还有管理人员负责递麦，可以语音说话、唱歌。不过聊天室后来有点类似BP机的待遇——短短几年从铺天盖地到销声匿迹，滴滴滴，滴滴滴，呼啦啦一阵风，忽然不见了踪影。我想，现在这微信群，就是以前聊天室的附身啊。

作为一名业余茶客，近来我也主动或被动加了不少茶友建的微信群，有侧重茶器的陶瓷群、紫砂群、文玩群，更多的是各类茶叶群，普洱、岩茶、单丛、绿茶等等。这些群大多是某类茶商组建的，群内差不多都是长期稳定的主顾，便于沟通和交流。新茶上市，也能第一时间通知和预订。

喝茶的人，专注于茶的人，大多性格平和，茶友之间，也是真心相待。平日里，除了茶品品鉴心得和体会外，群友们还会讨论讨论社会热点、街头巷闻，说说各地的风俗民情、特产小吃，也有日常琐事、家长里短。于是，大家慢慢相熟起来。

这些茶叶群，往往刚组建起来时很热闹，过了一阵子大家都潜水了，到了新茶上市时群里会吵吵一阵子，茶季一过又冷清了。有的群主也想维护人气，约着玩抢红包接龙，抢到最多的人接着再发，不断循环。想想也挺无聊的，这个就是纯粹耗时间，像小孩子玩的击鼓传花，总有鼓声停下来的时候：突然轮到某人发红包，那人不发了，群友纷纷相问，过一会儿那人突然退群。这时有人说，这人就指着这点钱干点啥呢，唉，没劲。

但有一个群，每天都热热闹闹，半天没看手机，就有好几百条未读信息，这当然跟群主采薇有关系。这个群里基本都是她好几年的老主顾，都认可她的为人。她现在专职事茶，平时就在自己的工作室，相对清闲，经常主动找到一些话题聊，和群友间互动也多，也常想些主意来活跃气氛。比如刚建群时，采薇就倡议大家说说最喜欢的关于茶叶的诗，得票最多的那位免费赠送茶品一份。于是大家就很踊跃：

素瓷传静夜，芳气满闲轩。

相向掩柴扉，清香满山月。

煮雪问茶味，当风看雁行。

寒夜客来茶当酒，竹炉汤沸火初红。

坐酌泠泠水，看煎瑟瑟尘。无由持一碗，寄与爱茶人。

小楼一夜听春雨，深巷明朝卖杏花。矮纸斜行闲作草，晴窗细乳戏分茶。

初尝香味烈，再啜有余清。烦热胸中遣，凉芳舌上生。严如对廉介，肃若见倾城。记此擎瓯处，藤花落槛轻。

一碗喉吻润，二碗破孤闷。三碗搜枯肠，惟有文字五千卷。四碗发轻汗，平生不平事，尽向毛孔散。五碗肌骨清。六碗通仙灵。七碗吃不得也，唯觉两腋习习清风生。

…………

古代诗歌佳文写茶的挺多的啊，最后投票，“寒夜客来茶当酒”这句第一。发出这句诗的茶友很激动，当即把微信名就改成了“寒夜客来”。

采薇大方，群友们早上睁开眼睛看微信，发现她已在群里道了早安、发过红包。晚上她休息前同样会发红包、道晚安。平日里有茶友下订单，她也发红包。有什么高兴事招呼大家，依然红包先行。虽然常常只有几毛或者几分，但感觉不一样。对于这样一个爱发红包的群主，就算你十分热爱潜水，也得露出水面吱两声，所以这个群不热闹不行啊。

采薇组织能力也不错。群内总会时不时有某个群友来拉票，多数是自家孩子参加书法大赛、书画比赛之类的网络投票，自然也要发个红包，得人钱财，群友们总要前去拉票助威。好家伙，这样的比赛不就是比谁的微信群友多吗，咱这个群能甘为人后吗？采薇作为群主，实时关注着票数变化以及排名情况，提醒大家一起转发，扩大影响。于是大家伙“同仇敌忾”“全体动员”，把群友家孩子的得票数牢牢钉在第一。几次这样的拉票，在采薇的带领下，都居位前列。常常是某个县城的小学才艺比赛，却吸引着分布在全国十几个省份的群友好几天不间断地手机投票，或者不计回报的点赞，愣是把这个学校性赛事办成了全国性赛事。

对于微商的广告，采薇是抵制的，但她委婉得有水平，说发次广告收一百。那些有买东西求帮砍价的、团购水果拼团的，只能找另外的群喽。

群里聊的话题大多是轻松的，采薇经常发些自己种养的花草：最多的是各种月季，有藤本、灌木、迷你月季；也有双色茉莉、风车茉莉等。采薇也经常说起她的种花心得，比如月季要种露天，日照至少六小时以上，不太耐热，但耐寒。

听了采薇分享的闲情，大家也都在群内展示自己的雅趣。养鸟的说起自己做鸟食料的配方：二两鱼，三两牛肉，半斤小米，半斤玉米碴，一斤鸡蛋带壳拌碎，一把黑豆、红豆、黑芝麻、花生米，剁碎搅拌，文火炒半小时，擀面杖压碎太阳晒干可以了，还要天天给鸟儿一点苹果或蔬菜……也有人说准备在院子里准备弄个水池，种一些睡莲，然后养一些鱼，说这样可以除蚊，因为鱼吃蚊虫卵嘛。

到三四月份，“寒夜客来”就唠叨上了。她喜欢到处寻找“野味”，除了常见的荠菜、榆钱、蒲公英、枸杞尖，还说：“若能摘到花椒叶，炸了给你们看看，那个味道特别鲜，还有野香椿，山里才有，不好找；山韭菜，估计到5月去了，更鲜；还有一种野摘蒜，味道很独特。”

接着“寒夜客来”的话茬，江浙的群友说：“我们这边在挖马兰。”

东北的群友说：“这时候韭菜正当季，过几天就全是卖红根儿韭菜 。”

河北的群友说：“我们要去捋柳条。”

大家奇怪，这当什么用?

这位河北的群友回答说：“晒干，泡着喝，清火的。”

我看着这些挺有意思，但老是盯着手机翻微信，妻子挺反对的：“你关注别人的生活，天天看别人怎么过的，有意思吗？你先把自个儿过好才是。”

“我都没看过别人怎么过日子，我怎么知道要怎么过？”

这天的话题是由雾霾引起的，大家都在说，北京房价涨到了天上，怎么还有这么多人凑过去吸呢。

沿着这条线索，众人就说起现在国内还有哪些地方能呆，有人说海南，有人说云南，有人说贵州，还有说武夷山。采薇说：“我老家，池州市石台县，就从来没有雾霾，牯牛降自然保护区，就在我老家边上。我计划着在老家盖一栋房子，年纪大了养老，这两年准备先修条石子路。”

采薇发了几组老家照片在群里面，整个村子坐落于群山环抱间，村外溪水潺潺，天空碧蓝，高田如楼梯，平田如棋局。群友赞道：“那云就是大地吐的气，一朵朵印在天上，住在那里，就是住在云水间啊。”

群内有茶友曾经在石台县住过，回忆说：“那时新茶上市，上午拿一空茶杯，走进茶市，这家茶叶品一下，那家茶叶品一下，不要钱，优哉游哉，像神仙。”群友们一阵惊叹，这日子真逍遥啊。

另一位群友说：“我在网上搜索了石台的资料，是‘国家首批生态经济示范区’‘国家重点生态功能区’‘安徽省首届十佳环境优美县’‘安徽省休闲农业与乡村旅游示范县’，这么好的地方啊！不行，采薇，你盖房子的时候要帮我留一间，我也要去你那边养老。”

采薇说：“好啊，我多盖几间，大伙儿一起住，热闹，我们每天睡到自然醒，再喝喝茶，聊聊天。吃自家养的鸡，自家种的菜，真正的田园生活，想想真惬意啊。”

群友们听了，讨论更加热烈：

“到那时候，就天天闭着眼睛听戏，京剧、昆曲、豫剧、老调、河北梆子、评剧、黄梅戏、越剧，还有大鼓、丝弦之类的，这些，我全都爱。”

“那边就近着徽池古道啊，早晚走走路，能健身。”

“整个皖南都是个出茶的地方，那边更了不得，舒城兰花、桐城小花、仙寓山野茶都非常不错。”

…………

采薇说：“房子里面的茶社，名字我都想好了，你们提的，云水间。”众人听了纷纷称赞。

“寒夜客来”是群里面表现得最积极的人，几乎每天都在说这个事，因为这个原本就是她的梦想。她说：“你们会种地吗？我可是农村长大的，种地、养鸡、种菜我都是好手啊，还有，我会自己磨豆腐呢，点豆腐我是用石膏点的啊，那叫一个香呢。”

大家都吵吵着要去那边养老，采薇成了这个房子的大管家，她开始分配以后每天的家务，谁谁谁劈柴，谁谁谁生火，谁谁谁淘米。大家喜滋滋地看着自己的名字回答道：“得令！”

石台的田园生活成了大家共同的向往，成了大家日后的世外桃源。“寒夜客来”常说：“我现在上班时本来想和我们领导吵的，但想着我以后就去山上住了，跟你这家伙叽歪什么呢，是吧？想想以后有块自己的地，挺美，想种啥种啥，那才是有机生活呢。”

有一回我出差到杭州，专门去采薇茶室喝茶，说起种的月季，她比较喜欢浅色、复古的。其实月季花不太适合大多数人种，比多肉植物要难伺候。

“好玩，好玩。”我连声说道。

“好玩？！是个坑好不好？”采薇说，“有盆的时候，你得想买棵什么花种上；然后买了苗，结果老板赠送了一根，完了，得买盆；又发现土不够了，再买土，还得买有机肥，不能嫌弃臭，不能嫌弃脏；好不容易等花长大，结果来了一批又一批的虫，得买药。别提了，我的花花草草被啃得乱七八糟。可是不管晴天雨天、白天还是晚上，都找不到‘凶手’。打了几种药，包括杀蜗牛的，还是没完。

“好不容易等到开花了，比较下其他人——很容易看到别人家的卖家秀，好好好，这个我没有，我得买，自己的永远不如别人家的好看。还有，家里的自来水是不能直接用来浇花的，得晒过之后才能用，先去掉氯气。光这浇水的事，就是个麻烦事，不说了，喝茶，喝茶。”

茶过三巡，我提起群里面一直在说的采薇老家盖房子的事，采薇含笑不语，开口说起别的事。我一直心心念念，再次提起话头，祝采薇老家“云水间”早日落成，采薇叹口气：“大家说着玩的，你还当了真？真正的乡村，我们还回得去吗？都没见过面的茶友，天南地北的，生活习惯都不同，能生活在一起吗？不说别的，没地暖，北方人在我们那边没法呆啊。我们那边地是很多，也确实有不少荒地。能搞种植？其实不行，因为山猪出没，不管种植什么，都被吃掉或拱坏。生态好，也会有其他问题。现在大家闹腾得欢，还是因为没有涉及各自经济利益。现在社会，不谈收益，谁愿意去做点什么？有了利益权衡，谁没有几分私心杂念？”

我说：“真要照你那个计划，‘开荒南野际，守拙归园田’，该多好啊。”

采薇再叹口气：“是啊，留这样一个乌托邦也好，你看现在，很多人，连个想头也没有。”

邓掌柜

5月里的天气，江南的梅雨天。于无声处惊雷，突然间疾风吹起，旋即大雨密密麻麻，胡马狂奔一样，雨点噼里啪啦砸下来，天地瞬时变得狭小了。

我就住在工作单位附近，下大雨，不忙回去，于是从抽屉里拿出一盒饼干当作晚餐，又在电脑前消磨了半个小时。约莫过了饭点，我撑着伞，走去茶馆。到店里，果然只有邓掌柜一人干坐在茶盘前，他笑着跟我招呼：“下了雨，就想着你会来。”

我们喝茶，有一搭没一搭地说话。雨势渐小，淅淅沥沥，却没有停的意思。邓掌柜双手支着后脑勺，斜躺在椅上说："这雨声和流水的声音很相似，我小时候，就住在溪水边啊，每日醒来，耳边就是这水流潺潺声。"我一愣，认识邓掌柜好几年，但从来没听他主动提过家事。他40多岁，老家是湖北的，独身一人在这里开小茶馆有七八年了。从他的谈吐来看，应该去过不少地方，经历丰富。

我说："这雨声让我想起了小时候挖荸荠的情景，田野间都是笔直的、小葱一样的荸荠圆叶子，一格一格的，用手一捋，毕毕剥剥地响，跟这雨声一样。那时候几乎家家都种这个，但现在田地板结了，茨菰、荸荠都不能种了。"

门"哐当"一声被推开，我们估计这会儿没人来，所以都被吓了一跳。来人是个20来岁的女孩子，神情木木的。邓掌柜起身招呼："过来喝杯茶。"

那女子没应声，朝店里四处张望。大概是路过的闲人，进来避雨的。她站在茶叶陈列架前，颇有兴趣地看着各种茶，取下来一罐茶，端在手上翻弄一会儿，放回去，再换另一种茶。就在那儿兴致勃勃地看了很久。

邓掌柜朗声说："姑娘，你要看什么茶，先过来喝一杯吧。"

女子后脑勺对着我们，开了口："喝茶，喝什么茶？喝不起！"口气很冲。

邓掌柜笑起来："来的都是客，茶叶店里，喝茶不收钱的。"

女子转身走过来："好！我就来喝喝，我看看你们是怎么忽悠别人买茶的。"

我皱皱眉头："这女的，怎么说话呢？"

女子端过杯子，一口一杯。邓掌柜倒一杯，女子端起来一口喝光，再倒，又是仰着脖子喝光。

"这杯——也太小了点。"女子说话声音很大。

我没好气地说："小姐，这是喝茶，不是喝水。"

"谁是小姐？"她语气中带着些愤怒。

我有点发窘，忙说："小妹——"

女子抢着说："你妹啊，你妹的。"

我苦笑着回道："邓掌柜，你说这好好的话，被她曲解成什么样了？"

女子定睛看着邓掌柜问道："你是邓掌柜？"

我们望向她，她收回目光，自顾自咂着嘴说着："嗯，还蛮好喝的。香香的，这什么茶？"

我笑笑说："这茶只是口粮。"

女子问："口粮，啥意思？"

我解释道："口粮就是平时随便喝的茶，普通茶，让邓掌柜来点私房好茶吧，那才是好茶。你是东北人？"

女子应道："大兴安岭那边儿的。"

我"哦"了一声，而后说："你们那边南国梨挺有味道的，我们这找不见，这可好久没吃到了。"

女子撇了撇嘴说："南国梨？我们那儿没有啊。"

邓掌柜接过话，对我说："南国梨是辽宁鞍山那边的，她们家在黑龙江，松花江畔，白桦林。对了，白桦树上的长桦褐孔菌，泡水喝很好，就如灵芝一样，真菌。"

女子说："是啊……你这老板，挺知道的啊。"

邓掌柜换了一道茶："你们再试试这个。"

我喝了一杯，边点着头边说："闻着花香蜜韵，喝着温和柔顺，真不一样。邓掌柜，这可是头一回喝到。"

邓掌柜笑着说："这是四不像茶呢，选用野生菜茶和野放型乌龙品种的芽尖或一芽两叶初展，融合白茶萎凋、乌龙茶做青、黄茶焖黄、红茶发酵，四种茶的工艺，但又不归类于哪种茶，我把它叫四不像。这种茶，费时费工，做着玩的。"

女子也叹道："这个真好喝，怪不得有人老在你这边喝，都喝上瘾了。"

我忍不住问："是哪位啊？"

女子严肃起来："老板，其实这次我是过来骂你的。我在门口想了半天，整不出特别好的词，我说你看上去那什么，道貌岸然的，怎么就这么恶毒呢？"

邓掌柜眯着眼睛，问道："哎呀呀，什么事情要劳驾尊口呢？"

我赶忙说："别误会了，先说说怎么回事。"

女子犹犹豫豫地说："不行啊，话说多了咱俩就熟悉了，我就更骂不出口了。这样吧，等我骂你一顿，气顺了，咱再接着聊。"

女子忽然站起身，指着邓掌柜大声说："我说你这个人，就知道搬弄是非，挑拨离间！你，躲在阴暗的角落，拆散别人的幸福！"

我一惊，朝邓掌柜看去，他手上的杯子停在半空不动。

女子接着骂道："你这卖茶，换着法儿让别人掏钱，卖不出去的茶，还要说先存放着，越存越好，害得别人一买一大堆，不要钱似的……"

我有点好笑，想替邓掌柜解围，对那女子说："哎，这个，哪个卖茶人都这样啊，又不是邓掌柜一个。”

女子剜了我一眼，说：“那也应该卖给有钱人啊。咱这都上班没几年，谈了恋爱都够紧巴的，哪花费这么多茶钱，你就是旧社会的地主，搞剥削的……”

邓掌柜放下杯子说：“来，坐，坐着说，坐着骂。”

我帮着腔：“骂人要有理有据啊，对不对？你这不能乱说啊。”

女子哽咽起来：“他不是好人！我男朋友说要和我分手，说就是——他教的！”

邓掌柜疑惑起来：“您男朋友，认识我？”

女子嚷着：“毕贵权！你不知道？”

我和邓掌柜对视一眼，意味深长地叹口气，说：“小毕啊！”

通过小毕之前的叙述，大家都得知小毕的恋爱正在进入疲惫期。恋爱以来，他都是被掌控着的，什么都是他对象做主，现在上茶馆、买茶这点爱好也被干涉，这成了两人争吵的矛盾焦点。

小毕的对象对他喝茶的爱好极其鄙夷。“就这几片叶子，整天花钱买，绿茶买了，还要买什么红茶、黑茶、白茶。茶不都一样的，买回家，染个颜色行了呗，要什么颜色是什么颜色”，听起来又好气又好笑。

大家听了小毕的话，纷纷说道：“家家都有本难念的买茶经。”买茶的悲苦心酸，藏茶的腾挪闪转，众人一一道来，小毕的诉苦会变成了群体诉苦大会。

这一天，毕贵权从手机上移开目光，说：“你们看，又要我评论她这个化妆。帮我想个话回，杀杀她威风。”

众人正想着，邓掌柜没有好声气地说：“你还是依稀有PS后的几分风采啊。”

大家笑了：“这好，这好。”

不一会儿，对象回复了小毕：“什么意思？”

“怎么回？”小毕问道。

邓掌柜又来一句：“你智商什么时候超过零的界限？”

大家又笑了，想不到邓掌柜这么腹黑。

毕贵权说：“可以啊，邓掌柜。你帮我想一通话，我就怕她跟我吵吵，要说得痛快，有打击力。你也知道，我嘴笨。”

邓掌柜想了想，说道：“你这样——我知道，你现在越来越有泼妇的风范了，你也在努力，但是空有架势，没有内涵。泼妇的标准是什么？睥睨一切，俗话讲，什么都豁得出去，连自个儿都看不起，你能做得到吗？”

毕贵权拍了下大腿，惊叹：“好，纸，纸，谁那边有笔啊？我赶紧来记着。”

估计小毕嘴没把严，把邓掌柜供了出去，现在事主找上门，我在一旁觉得好笑，等着看邓掌柜如何收场。

邓掌柜招呼女子：“喝茶，喝茶。吃不住气，就喝茶。今天气不顺吧，但这气呢，就像弹弓，有反弹作用，你去弹别人，空了，收回来就伤着自己啊。”

“我这气，不都是你惹出来的？”女子大声质问邓掌柜。

邓掌柜紧绷着脸，说：“姑娘，我得说说你。你这恋爱，谈得不好啊。”

“你说。”女子也绷着脸。

邓掌柜喝了一杯茶，慢条斯理说："你看吧，毕贵权的性格，我看算不错的了，你要遇到个脾气差点的，冲你这说话态度，早犟上了。情绪会折射，你对别人别扭，日子过得也别扭。听小毕说啊，你老是喜欢埋怨，工作中、生活中的糟心事，每次都要和他讲——我今天怎么怎么啦，气不顺，谁听了心情也不好啊。"

女子想了想，说："他是我男朋友啊，我这不和他讲，和谁讲呢？"

邓掌柜又给我俩分别倒上一杯茶，继续说道："生活中，谁没有一点糟心事？阿泉，你有没有？"

见我配合地点着头，邓掌柜继续说："人之不如意者十之七八。古人都说，十件事都只有一两件才会是顺利的，所以生活中，不够好的就不要太计较，越说只能证明你越失败。对于失败者来说，正常说话都变成牢骚。"

听来邓掌柜一番话，女子倒笑了："那照你的意思，我要过得称心如意，还得天天见人就夸？"

"就这个意思。有个叫老六的人说过，当别人不给你面子的时候，你应该反过来给他一个大大的面子，让他羞愧难当。"

我在旁边插话："比方说啊，你把买化妆品的钱拿来给小毕买茶，那他还不得羞愤死。"

女子笑了："你们拐着弯还是说喝茶好，买茶好是吧？"

邓掌柜说："恋爱，就是迁就，谁让你喜欢呢？比如自家的孩子，你千方百计对他好，图什么？就是在这当中有乐趣，因为你真喜欢。"

女子用手撑着下巴，若有所思。

邓掌说道："要说这相处呢，也是门学问。听小毕说，你们出去约会，都是小毕买单。"

女子打断邓掌柜的话，说："这不都这样吗？我平常也买很多礼物给他的啊。"

"你看小毕一个月工资才多少，你们约会的地方他都尽着档次高的地方去。你帮他算算他的开销，要不他会老窝在这喝茶？他说钱都用去买茶了，其实他是真没钱，只是不好意思说。"

我凑过去，说："你说，这人和人之间的相处，确实挺微妙的。你看我，每年我也给几个老同学、老朋友邮寄茶叶，这都寄成习惯了，好像每年不寄，是我的不对。但有的人就让人觉着舒服，收到茶会发个几十块的红包过来，说是快递费用，就让我心里很舒坦。"

女子不说话，邓掌柜趁热打铁："说起这些，其实从很小的细节就能知道你这个人和外界相处怎么样。我经常问人快递地址。有的人就直接发个地址过来，从他的角度来说，这姓名、电话你这不都有吗？但是不一样啊！我还得翻找，还要核对，生活中，多为人着想，反过来，别人也会替你多多考虑。"

壶中没水了，邓掌柜站起来准备取水，女子忙问桶装水在哪里。我笑着抢过壶说："这是力气活，我来，你和邓掌柜说道说道。"

邓掌柜手指点在桌上，继续说："要说这生活呢，要过得精致，有意思。我们为什么喜欢喝茶，特别是工夫茶。你看，备炭、煮水、泡茶、喝茶是有仪式感的，参与的人会十分享受这个安静的过程，泡茶就是让自己慢下来，让自己等自己，让自己等别人的一个过程。 生活，从字面上理解，就是生而活之。就看你怎么活。有个叫费尔南多·佩索阿的诗人怎么说来着，除掉睡眠，人的一辈子只有一万多天。人与人的不同在于：你是真的活了一万多天，还是仅仅生活了一天，却重复了一万多次。”

女子睁大眼睛，终于又开了口：“邓掌柜，大家都这样叫你吧？今天，你让我学到了很多，可我还是不懂，为什么今天茶叶这么好喝。”

邓掌柜抚手笑道：“茶叶不变人常变。人体合于自然，十二经络每日随时辰流注，周而复始如环无端，五脏五气也随季节而相生相胜，风暑燥湿寒也影响着脏腑阴阳。一变众变，故心气也常变，滋味感知必然常变。”

我拿水过来，装壶烧水。水开了，女子抢过来，用紫砂壶泡茶，她刚放下壶，邓掌柜指点说：“位置不对，你看，壶口不能对着客人。壶柄为尊，壶口为卑，应该避免壶口对着客人，以免不敬。”

女子的眼神明显变得友好了许多，转头看看墙边挂匾，感叹道：“这是您写的毛笔字！”

邓掌柜咳嗽一声，说：“闲着没事，就在店里练练书法，没听人说吗，现在茶农或者茶商，不练练毛笔字就是假正经。”

边喝茶边聊天近两个小时，女子才起身告辞，一直说受教了，这次回去找毕贵权聊聊，表示以后要经常跟着来喝茶。

女子走后，我由衷感叹道：“掌柜的，今天才见你英雄本色啊。”

邓掌柜摆摆手，坐下来看手机，说一下怎么有这么多短信，不知道还有谁惦着自己。他拿起手机盯了好一会，放下说：“瞧，这么多短信，都是祝我生日快乐的。”

“今天你生日？”

“是啊！要不是信用卡、支付宝、证券公司提醒，我自己都忘了！”他踱步到窗前，看着窗外，出神。

外面雷声大作，雨水噼里啪啦砸下来，胡马狂奔，扑向窗户玻璃，雨珠一条条淌下，天地瞬时狭小起来。

邵国荣，江苏宜兴人，是中国现代茶叶奠基人沈浩玉早年在安徽芜湖省立第二农业学校教的学生。

1932年10月，沈浩玉任祁门茶业改良场场长，邵国荣从家乡赶来追随老师，两人于安庆汇合。安庆与祁门由长江相隔，相距虽100多公里，但道路险阻，至少要走上三四天。

两人选择徒步，除了经东至有一段县路外，其余几乎都是“羊肠小道”。他们衣服和鞋上都沾满了泥浆，鞋底还在爬山时被石头戳破了洞。但沿途空气湿润，植被茂盛，进入祁门境内，更是林木蔽日，山峦重叠，这样的生态环境让两人大为兴奋。这里巉岩不多，到处是可以开垦的荒地，如果大量种茶，可以达到四五百万担的高产，无论从数量还是品质上，这里种的茶完全可以超过斯里兰卡。斯里兰卡茶叶品质在国际上被广泛认可，就是由于其种植地多在高山地区。

“驽马有逸足之力，驽牛能负重致远”，沈浩玉对于邵国荣有非常高的期许。他这个弟子身上，有常人少见的韧劲。自农校毕业后，迫于生计，邵国荣在家乡继承父业，做了个走街串巷的乡村郎中，经常上山去采摘草药，有着一定的药理基础。沈浩玉更看重他的拳拳报国之心，在芜湖农校，邵国荣经常参加抗日集会。

当时的祁门山区，经常有老虎、豹子出没。邵国荣一看风吹草动，冷汗直冒，嘱咐老师人如近虎旁，须屏气速行，可度险关。沈浩玉笑着摆手，走在前头吟起杜甫的诗：“支离东北风尘际，漂泊西南天地间。三峡楼台淹日月，五溪衣服共云山。”

大概走了五天，师徒二人终于赶到祁门平里镇，早就等着的茶场同仁都急坏了，以为他们路上遇到了山里的猛兽。

祁门红茶是中国茶叶的第一面旗帜。1915年，在美国旧金山巴拿马万国博览会上，祁门红茶一举获得多枚金质奖章和其他多个奖项。彼时，祁门茶在国外最大的茶叶市场——伦敦是最负盛名的中国茶，价格也最高。

尽管如此，祁门红茶当时亦陷入难以为继的局面。祁门茶叶公所曾发函至上海茶叶公馆，一年销售不及二三成，积年亏耗，损失甚巨，要求停办红茶一年。红茶出口，也是“建瓴之水，直以急下”，茶叶改良从祁红开始，是一致的意见。

太平洋战争后，中国出口海岸日渐封闭，茶叶销路阻滞，茶树老死，茶园荒芜……茶系中华国运，茶叶救国、整顿茶市成为一代中国茶人的使命。

沈浩玉此行赴任，希望借鉴国外现代科技经验，振兴中国茶叶。祁门作为第一个茶叶改良试验基地，非常关键。祁门全境山岭在百分之八十以上，原始森林覆盖着，杉林、松林、竹林和苦槠林处处生香，从土质和环境来说，都是最理想的种茶之地。经过大量数据采集、比对，祁门郭口茶场被选为第一批种植基地。

祁红，以独特的祁门香著称，玫瑰花香高扬，酒红汤色红艳明亮，味道鲜甜甘醇，饮之心醉神怡。在国际上，大吉岭和祁门是齐名的高香名茶，英国皇家喝的最名贵的茶就是用祁门茶和大吉岭茶拼配而成的。中国是茶叶母国，论生产地域之阔、茶叶种类之多、行销各国之广，以及品质之佳，是其他产茶国家望尘莫及的。

如何就不能做出顶尖的中国红茶？茶叶界已达成共识：中国红茶要做出信誉和质量，走出国门，除了要有大量的、质量稳定的茶叶，还要有一系列的严格分级和拼配方法。而国外的红茶一年四季都可以买到，不会脱销，几十种茶从整叶到碎叶都不一样，但每一种、每一次买的茶味道都基本一致，具有稳定的味道、浓度和香气。中国红茶多是小农个体经济，既无花色标准，又无分级和拼配的经验和能力，所以在市场上丧失了竞争力。

中国的红茶与大吉岭、斯里兰卡的茶作比较，不仅比茶的独特和质量，还看其质量的稳定性和性价比。茶叶分级和拼配试验必须有专人来做！邵国荣的任务是拼配出高品质的中国红，在世界上重新建立中国红茶品牌。

老一代茶人的言传身教，直接影响着邵国荣。他对着祁山闾水暗暗发誓："不拼配出高标准的中国红，不出祁门。"

整顿茶场、建立新茶园都需要翔实的科学数据，邵国荣着手建立祁门红茶的数据库，包括茶区的土壤和气候的数据统计，茶树的选种、栽培跟踪报告。他做了大量的野外调研工作，记录茶区的经度、纬度、降雨量以及土壤的颜色、一致性，因为祁门山区遍布着各种特殊地形，坞、坑、岗、培、河州，每一种地形都会给茶叶带来不同的品质表现。

规范茶叶各类等级标准也是当务之急。之前茶青处理粗糙，在茶叶里喝到棉线、草和小石子也是常有的事。采摘茶叶没有固定标准，采茶工为了产量，经常加进粗老茶片，导致鲜叶老嫩不一，发酵度无法一致，直接影响成茶质量。

学习祁门红茶中的拼配工艺是重中之重。祁门工夫红茶之所以被视作中国工夫红茶的代表，因为它是所有红茶里最费工夫的。传统手工的精制工序包括初抖、分筛、打袋、毛抖、毛撩、净抖、净撩、挫脚、风选、飘筛、撼筛、手拣、拼配、补火、匀堆、装箱等十几道工序，整个制作过程极其繁复考究。

而祁红中的拼配工艺，则是将各个身路同等级别的号头茶按一定比例拼合，以保证祁门工夫红茶恒定的品质。但是，茶师在拼配过程中完全是依靠自己的经验和感官为判断准则，并无固定的程序和标准。

1938年，抗战形势日益严峻，日本利用当时日据时代台湾殖民地之便开始制作红茶，并以低价倾销东南亚以及欧洲市场来压垮中国茶叶贸易。在静冈及其他茶区，日本茶业公司的机制红茶已有了一定的规模，在欧美市场上与中国两湖低级红茶形成竞争。

沈浩玉要求邵国荣停止手头一切工作，以祁红拼配工艺为参考模板，用中国数种红茶试验拼配出高质量的中国红，并且尽快定量生产。各地的茶叶试验场的宜红、宁红、滇红和闽红样品纷纷寄往祁门，让邵国荣进行分级和拼配试验。

为了更专心地工作，邵国荣搬出集体宿舍，安家在一间草房子里。草房最早是牲口棚，农场扩建后又用来堆放杂物，孤零零在茶场的东头。邵国荣要的是这份清静，每天进行茶种的甄选和拼配比例试样。各种茶叶的采摘标准、采摘季节、发酵程度等对于成品都有或多或少的影响，这是项枯燥而漫长的工作。

邵国荣对于红茶制作工艺也在不断探索，改造小型揉捻机，采用喷雾发酵室，参考正山小种过红锅工艺，借鉴湖红冷发酵。为促发红茶的香味，他甚至试验了乌龙茶摇青工艺。

邵国荣每天只睡四五个小时，醒了就测试、比对各种茶，再进行相关数据整理。这样的日子，过了大半年，初春夜半时，躺在床上能听见屋外竹笋拔节的声音。

祁门的生活非常清苦，吃住都极简单，有时没有菜，茶场就煮一碟野生水蕨，或用葛粉做几个团子。难得改善伙食，多是竹笋炒肉，大家笑着说："无肉令人瘦，无竹令人俗。不俗又不瘦，吃顿笋炒肉。"

1939年刚开春的一天，沈浩玉来到邵国荣孤零零偏于一隅的房子。推开门，邵国荣呆坐在桌子旁，屋子里比外面还冷，砚台也结了薄冰，沈浩玉问怎么没生火盆?

邵国荣说："正想用炉子烧水，突然想到一些关键点。"

沈浩玉看他满脸通红，一摸额头滚烫，惊道，“烧得厉害啊。”

邵国荣忙道：“不碍事。”

沈浩玉说：“小邵，现在我们国家这么大，只有你一人，一间这样的屋子来拼配中国红，你要挺得住啊。”

“老师，茶场的人都说‘不爱人间富贵花，只采平凡快活茶’，我也在做快活茶啊。”说着邵国荣翻出个纸包，递给沈浩玉，说，“这个茶前两天试了，有那么点意思。你带回去尝尝。”

半小时后邵国荣被砸门声吓了一跳。沈浩玉在门外大叫：“小邵啊，你是国家的功臣呐！我叫了平里村章师傅做了‘千层锅’（徽州名菜），为你庆功！”

邵国荣开门应道：“还是让专家试试看。”

沈浩玉连忙叫人送茶样到浙江衢州。因为抗战，那时衢州城郊的航埠镇万川村建立了东南茶叶改良总场，担负起全国茶叶收购任务。等了几天，加急电报来了：马上组织大量生产！

跟着，祁门茶场收到多方订单。茶季一开始，祁门茶场集全场之力，赶制首批中国红。邵国荣带病参与茶叶征收、分类，拼配工作，茶品初制完成，人也病倒了。他说等能下床，就赶紧动笔，把这批中国红各种原料、拼配标准以及制作流程形成文字，记载下来。

可谁也没想到，成品出了问题！几千斤的茶复检后，竟然全部不达标准。长期的超负荷工作，试制成功的亢奋，失败的打击接踵而来，使邵国荣陷入昏迷。

沈浩玉头发凌乱，心急如焚，再三比对着茶样，查看茶青，悲叹一声：“国人误国啊！”

因为时间赶得急，征收原料没来得及仔细检查，采茶时为了增加茶青重量，采茶工故意多采了部分茶梗。更为严重的是，收来的茶青中，掺入了大量的伪劣茶：比较多的是“阴光茶”，这种茶具有优质茶青的外形，但它在制作过程中加入了滑石粉、洋靛、白蜡等对人体不利的成分，茶叶的色、香、味本真虽全失，但看上去却是非常好的鲜叶；还有一种叫水茶的，在茶青中洒水，特意不烘干来增加分量；更有一些着色茶，这些伪劣茶混杂其中，再好的工艺也做不出好茶。

这一日阊江边，祁门县几乎所有的老百姓都来了。在众人瞩目之下，几千斤伪劣红茶被倒入阊江。沈浩玉痛心万分，大声怒斥：“垦荒山千亩，遍植茶竹松杉而备国家之用，这是祁红创始人胡元龙开辟茶山时所撰，用心何在？国家多难，茶业困蹶之秋！我等中华子民，理当团结一心。这些粗制滥造、模仿假冒、掺杂作伪之茶，何颜相对胡老先生，何颜相见前线抗日英烈。红茶为祁门立基之本，再有此例，祁门红茶，不复再有。今日之事，祁门父老、阊江为证……”

有人飞奔过来，叫着：“不好了……昨晚邵国荣居所起火，因远离农场，众人不察。今天看到，只剩下一片焦土。”

沈浩玉当场颓坐：“国殇啊，中国红！”

据祁门父老追忆，后来一个多月时间里，那段阊江江水是红色的……

后记

1939年5月，邵国荣卒，终年27岁。

1946年10月，抗战胜利后，一女子上祁门寻夫，众人方知邵国荣来祁门前刚刚成婚。

1950年2月，邵国荣遗孀找到沈浩玉，要求组织给个说法。沈浩玉找到相关部门均表示没有办法，沈浩玉痛心疾首，壮士以身许茶，如何不是烈士?

1951年10月，沈浩玉矢志再创中国红，正逢“三反”运动，被打倒。

1962年12月，祁门茶场留存的试验中国红各类笔记资料，在大炼钢铁的运动中，被付之一炬。

1979年5月，沈浩玉复出工作，整理编辑中国茶叶史志，把邵国荣拼配中国红写入章节，相关部门审核删除，认为没有研究成果。

作为祁门红茶的代名词，国外至今还有Keemun在销售，在所有茶类里价格几乎是最低的，销路也是最差的。

明前茶

我说清明前回家一趟，父亲在电话里明显提高了音量，问我：“菲菲也回来吗？”

“这次是借着年假，我一个人回去。”

父亲“唔”了一声。我叫了女儿好几声，她眼睛才从电视机上移过来。我说：“过来，叫爷爷。”

女儿走过来对着话筒，低声唤了一声“爷爷”。

电话里又传来母亲声音：“囡囡啊。”

我催促着：“叫奶奶！”女儿咬着嘴

唇发声。

母亲问她："想不想奶奶啊？"

女儿不回答，我在一旁斥责她："说话啊。"

女儿闪开了，说："不是叫过了吗？"

打完电话，我坐到沙发上，菲菲凑过来对我说："刚才接了电话吧，100块，哈！"去年回家过年，父母对孙女说了，在城里打个电话给爷爷奶奶，一次给一百块，明年过年回来，压岁钱之外，一起算着给。

我绷着脸说："你话都讲不清楚，nǎi nǎi，不是 nuai nuai，下次我得问问你们幼儿园老师，拼音是怎么教的。"

菲菲"哇"的一声哭了出来。妻子林帆从卧室里气咻咻地走出来大声问："怎么啦？"

菲菲哭得上气不接下气，努力回答道："爸爸……骂我！"

林帆板着脸质问我："没事你弄她哭干嘛？这次你不愿意回就别回！"

这趟回去，我先坐火车，再转汽车到镇上，正巧碰着姑父。他客气地留我吃饭，我一顿推辞，于是姑父让表弟用摩托车送我回去。山路不好走，到家时已经傍晚，母亲见来了亲戚，忙说没什么菜，杀鸡都来不及了。表弟忙说不用，就吃点现成的，还要赶着回去。

母亲淘米煮饭，去梁上摘了一块腌肉，指挥父亲去地头摘菜。夫妻俩"乒乒乓乓"一阵忙乱，才对付了晚饭。表弟走后，母亲对我说："你倒好，图轻省的，几里路还走不得了？养的这几只鸡，都能生蛋的……"

父亲在一旁说："不是没杀鸡吗？"

"少讲两句，儿子还小啊，都三十来岁了……"

和父母聊了一会儿家常，我把手机打开，将女儿最近的照片翻出来给他们看。母亲眯着眼睛看得吃力，我问她："眼睛怎么啦？"

母亲说："老花眼，近处望东西，不很清楚。"

"要不配副眼镜？"

母亲听了一阵笑，说："一辈子都没带过眼镜，花冤枉铜钱，丑死了不讲，别人家要笑煞，充知识分子。"

母亲问起我平日的生活开支，听到中午吃个盒饭要15块钱，直说太贵了。

父亲说："白来财才是最好的。上次一早去镇上，我买了两块烧饼带回来，你妈问，哪来的？我说路上捡的。你妈一摸袋子，还是热的，今天好运气啊！"

"你这老东西，这么点芝麻事，老翻出来讲！"母亲止不住笑，继续说，"是啊，日子不就是省出来的吗！泉啊，我同你讲，人和人命不一样，一份力一份粮，天上月亮望望不高，再怎么也够不到啊。我看你不太会说话，在单位里多给点别人家高帽子戴戴，好话听着总归高兴的。"

"家里没事吧，怎么一个人回来了？"父亲问这话时吸了吸鼻子，这是父亲紧张时的表现。结婚以后，我没有独自回来过，估计父亲早就想问了。

"没什么要紧事呢，就是清明节回来看看，干点活，"我故作轻松地说，"最近打算再买套房子。"

"又要买？现在这套不好？"母亲问。

我低下头，说："林帆嘛，要买套学区房，说现在我们住的附近，没什么好的学校。"

父亲沉默了片刻，问："菲菲不是才上幼儿园吗？"

“房价一直在涨，怕以后更买不起呢。要说现在也没这么多钱，可林帆她一直说，一直说，吵得很……”我咽下后面的话。林帆曾说，不买，我就和女儿一起过了，还有，哪有买房女方多出钱，你们家再不拿钱以后过年你也一个人回吧。这些话，当然不能说给父母听。

父亲哆哆嗦嗦从口袋里摸出烟，我忙掏出打火机点上。父亲吸了几口，一阵咳嗽。

母亲边上骂道：“老东西，咳着嗽，不能少吃一根啊。”

父亲看着我问：“要花多少铜钱哪？”母亲的眼神也跟过来。

我看向别处，压低声音说：“总要100多万的吧。”

母亲叫出声来：“100多万？！”

我解释说：“现在都这么贵，100多万还买不到中心区的房子。还有，我们这买的是二套房，银行贷款只能贷一半，算下来，就比较紧。林帆家里说这次能再借个七八万，我这次回来，就看看家里头还能不能帮衬点吧。”

父母沉默了。他丢掉烟头，又一阵咳嗽。

“前几年过年回来，林帆都没开口叫我们。”母亲小声说，“我就晓得，你们那时候买房家里没钱，她都一直记在心上呢。”

父亲问：“这几年，你存了多少钱？”

我支支吾吾地说：“大概有十几万吧……”

父亲顿了顿，说：“你们前一次买房，也有七八年了吧，你就存了这么多？”

我低下头，回答道：“城里开支大，每个月要还贷款，还有，炒股亏了一些……”

父亲听了，大声说：“你还炒什么股！”

“我从小就跟你讲，十赌九输，你三叔当年跑供销是那样风光，就是喜欢赌，你看看现在的日子……”父亲说话时脖子上的筋脉清晰可见。

母亲劝父亲：“都是老黄历的事情了，你不用提了。”

“我这也是投资呢，我有个同学，炒股挣了几十万呢。”我低声解释道。

父亲叹了口气，说：“老老实实的吧，不该你的钱，也轮不着。现在这个房子，你们钱凑得怎么样了？”

“林帆那边的存款和她家里给的，加起来有个30万。我手上的，加上同学、同事借的，差不多也30万。家里要有点，再跟舅舅他们开个口，能有个十万块差不多就够了……”

父亲打断我：“还跟谁开什么口？家里拿得出！”

我惊疑地看过去，父亲说得急，咳了好几声，才慢慢说道：“上次买房你为难了，我和你妈都晓得，谁教那时候你奶奶生那场大病呢？我们知道你还要做大事情，都一直挂在心上，预备帮你留着呢。这一次，我们一定要比他们家出的多。你手头有30万，那我们再出15万，比她们家出的多！”

“家里有这么多钱？”

父亲拍拍手掌，站起身来说：“家里这几年么，还存了几万块。还有的话，明天早点起来，带你去看。”

“地里的茶叶，能卖这么多钱？”我继续追问。

“这老东西，还卖关子呢。”母亲笑着说，看父亲又要拿烟，叫着，“不要往嘴里烧火了，走，走，到灶头间烧火去，烧点水洗脸洗脚，早点睡觉了。”

父亲也笑了：“你看看你妈，只会乱吩咐人。她一急起来没注意想，就乱折腾人。现在年纪大了，记性又差，天天忙着寻东西。你说她自己放的东西，找不着，指着我去找。就昨夜，说刨头，寻来寻去寻不着了，结果晚上发现在鸡囤门口，你说说看……”

母亲有些不好意思地说：“老东西有嘴讲别人，现在一做起活来就喊痛，一蹲蹲半天……”

我问父亲：“老这样？要去医院看看吗？”

父亲说：“老毛病了，坐骨神经，人老了，就这样了，多休息休息就好了……”

想起回来路上，我看茶叶已经冒出芽头，问父亲什么时候采茶，他说：“前几天下雨，今天阴天，看天气预报说从明天就放晴了，刚才还叫人一大早出去采呢。明前茶，也就这几天最值钱呢。”

“采茶叶叫了人吗？”

“现在的人工贵，外头叫人，供吃供住不说，要100多一天。”父亲说，“现在就是你小姨她们，还有几个村上人帮帮忙采几天。春保他们几个上门来收。”

我说：“那现在倒比以前轻省，以前还要送到镇上。”

母亲说：“轻省不了，只管采，是几年前的事了。现在还要炒茶，开夜工的，你父亲的手艺现在大家都讲好呢。”

父亲在一旁解释：“春保讲了，现在稀罕人工炒茶，一斤能贵上好几百。熬几天夜更，收入能多上好几千，值当的。”

春保是村里第一个在省城做茶叶生意的人，提起他，我想到了十年前的一件往事。

大概也是清明前几天，我下班回家，回到租住的小区门口，吓了一跳，父亲就坐在楼梯口。父亲说春保今年有事，他帮忙送茶过来，送完茶，顺道过来我这里看看。

“怎么找到这一栋的？”

父亲说：“问问人就知道了。”春保只知道我住这个小区，这十几栋楼找过来，不知父亲问了多少人。

进了门，父亲预备今天在家里休息一夜。

我心里一惊，忙说：“现在是和别人住的。”

父亲不以为意，说：“不要紧的，你这不有沙发吗，对付一夜好了。”

我迟疑地说：“那个，一起住的，是个女的。”

“啊，啊，怎么没有和家里说起过？”父亲总算明白过来了。

我搓着手说：“还没有确定呢。”

父亲严肃起来：“都这样了，还没定？这丫头哪里人，是正经人家吧，做什么工作？”

“就这城里的，她在小学里教书，父母也都是老师。”

父亲放下心来：“好人家啊，这有照片吗？我带回去给你妈看看。要不，我等下偷偷看一眼再走。你不用介绍。”

我叫唤起来：“啊呀，太难为情了，以后总能见面的。”

父亲笑了：“要你妈现在知道了，估计都高兴得睡不着……”

“中秋节，要不国庆节，我看到时能不能同她一道回去。”我看了看手表，急忙说，“她快回来了，要不，爸，我先替你找间旅社好了，小区边上就有，最多100块。”

父亲说：“哪要这么麻烦？我就住春保那儿去，他原本是拉着不让走的，是我说一定要来看看你。这会儿还早呢，我这就走。”父亲丢下一袋子茶叶，走了。

第二天早上，林帆赖在床上不肯起，我出门买她指定要吃的那家店的包子，沿着小区边上的公园走上一公里左右就到了。我正走着，看一群晨练的人正围在一起说着什么，还有人往边上指指点点。

我好奇地走了过去，看见有个人正躺在公园长条凳上，缩着身子，想是昨天睡在这里过夜的。仔细一瞧，我忽然心跳加速，那不是父亲吗？昨天我就应该想到的，平时父亲就好个脸面，都到了有体面工作的儿子这儿，再折回去，他肯定不会做的。

清明还没过，天气这么凉，父亲就这么缩在公园长凳上睡了一晚，我看着真心疼。可这会儿上前叫醒他，估计他会更难堪。我转身悄悄离去，失魂落魄地往回走，包子也忘了买，就和林帆说那家包子店那天关门了。

过段时间打电话回家，母亲说父亲进城回来就得了伤风、咳嗽，过了好些日子还没痊愈。

昨夜躺下时，母亲执意要再折点“元宝”再睡。很久没有这么静了，锡箔纸折叠声，元宝投入篮中的窣缭声，都听得清清楚楚。我一直难以入眠，整夜都是迷迷糊糊的。

乡村的早晨，来得特别早。六点还没到，听见公鸡打鸣，父亲就叫我起了床。堂屋有母亲盛好的几碗热粥，见她眼睛布着血丝，我问她是不是开夜工到很晚。母亲说，一年一次，多烧点钞票给祖宗，保佑一家门平平安安的。

按照老家的习俗，清明前要在祖先坟头挂白纸。我和父亲分别在几个坟头挂了白纸，然后在祖父母坟前蹲跪着，把一大筐黄表纸、纸钱和元宝烧完，父亲叹口气说：“你爷爷奶奶，一辈子没有过过好日子啊。”

这时，远处的山峦吞吐着白雾，茅草吐出雪白的丝穗、在微风中不断地点头，小鸟啾鸣、潺潺的溪水声传来。我深深吸了一口空气，对父亲说："以前你说，上大学就为了到城里，不用再种茶卖茶。现在到了城里，吃的是农药化肥催生的大棚菜，吸的都是尾气和雾霾，哪里能跟家里比。家里空气好，吃的都是原生态食物。早知道，还不如不出去。"

"你是难得回来几天，住久了哪还会习惯？"父亲说。

祖坟的旁边是一片小树林。这边的林间地没有产权，谁种的就算谁家的。这天早上的工作是清理这片树林，我环视左右，大概有二十几棵约有五六米高的榉树，枝干高处都交接在一起，我问父亲："你什么时候种的？"

"七八年了。"见我沉默，他高声说，"一棵树现在能卖五六千呢！"

我这才惊讶地嚷起来："这么多钱？"

父亲说："是啊，本来想再等等，现在去卖，有些长得还不行。你看，要这种主杆笔直的才能当绿化树，卖得上价格，不过这里头加起来，算算总能卖上十万块的。"

我兴奋起来："当时怎么没多种点？"

"哪这么容易？就这一小块地，种得太密成不了，长了这么多年，也就出息了这么多。"带来的工具有砸刀和镰刀，父亲指着镰刀，让我割掉林间杂草和野生小树苗，我却拿起砸刀，挥向那些野生小树。野生小树横七竖八杂长在林间，加上四面乱串的藤条，要对着树皮一端砍好一会儿，才能剁下一棵。

父亲在一边看着，说："要斜着砍。"

我砍了几棵，看手上已经起了泡，父亲抢过砸刀，说"你做不惯，还是我来吧。今天先清理清理，等茶季过了叫人来砍榉树也方便。几棵小的就留着，以后就给你妹妹做嫁妆。”

提到妹妹，我问：“小娟最近有打电话回来吗？我最近打她手机，她都没接。”

父亲挥着刀说：“小娟没和你说？她今天就回来啊。”

朝霞映红了树林，林间的杂树收拾得差不多了。朝远处看去，青青绿绿一片，茶树嫩绿的芽尖从满山的环翠中探了出来，父亲说：“先回去吃早饭吧，等露水干了，就去采茶叶了。”

上山采茶，因为山高路远，加上要抢时间采茶，所以中午就不回来了。采下的鲜叶放在随身带的角篓里，既不会压伤也不会晒到，能最大限度保持鲜活。我的任务是中午和母亲在蜿蜒的山道走上三四里路，送饭菜上山。茶农一年中最辛苦的日子，莫过于这几天。

家里那个老茶园并不大，海拔大约300米，是村子里海拔最高的茶园。这茶园几乎是野放自然形成的，多年前生产队能分的土地不多，父亲在这块高山区发现这片野生茶树后，每年上去砍掉周围杂树，让野生茶树自然生长，多年后逐渐形成了这个茶园。

冬天，茶园有三个月时间晒不到太阳，里面长的茶叶是很多人喜欢的阴山茶，有着独特的兰花香。不过春天这个时候的山是最美的，满目苍翠外，山间最多的就是杜鹃花，或三五棵一簇，或几十棵一片，或山坡一面！我和母亲送完午饭下山，杜鹃花就这样一路相随，手里抓一把从茶树采下的鲜叶，青碧色又泛着油光，在我手中放了一会儿，已经有清香溢出。

走到家门口，远远地望见一个人影，那人捧着一把杜鹃花越走越近，是妹妹。妹妹叫着：“妈，我回来了！”提着拉杆箱飞奔扑向母亲。

妹妹理着母亲凌乱的头发，说："怎么头发像乱草一样的。"

母亲笑着擦眼泪说："这妹子，大姑娘了，还和以前一个样。"

我迎上前接过箱子问："小娟，你怎么回来了？"

小娟晃了晃手上的杜鹃花说："美不美？是不是和我一样美？妈，给我起名字的时候是不是看到了这满山的杜鹃花？"

随后她看向我说："我还没问你，回来干嘛？"

母亲问："怎么现在就到了？还以为要吃夜饭辰光呢。"

小娟笑着说："一大早就赶路了，是跟别人拼车回来的，那人不错，一路送到了镇上。"

我急忙说："你也不当点心。你是在网络上拼车的吧，和别人都不认识，这么远的路，万一出了事情怎么办？"

小娟摆摆手说："现在好累啊，要补个觉，晚上再和你们说话。"

晚上饭菜上桌的时候，小娟才拖拖拉拉起床。她打开箱子，拿出给母亲买的衣服、给父亲买的酒，还有一大袋吃的。我在旁边看着，脸有些烫，这趟回来匆匆忙忙，没想起来给父母带点什么。

小娟说："妈，你现在知道还是女儿贴心吧。"

母亲没回话，而是拿了些吃的，另拿个袋子装了，对我说："这些带回给菲菲吃。"

小娟生气地叫道："妈，你帮哥哥担什么心事，好吃的菲菲比你吃得多。"

母亲讪讪地笑说："吃这么零碎，老了，倒成小孩了。"

父亲在一旁摊晾茶青，屋前堆满了竹筛，一家人围着桌子吃饭，阵阵茶叶兰香飘过来。

吃过饭，小娟动手收拾碗筷，我端着空盘子，跟着进到灶头间，终究禁不住问道："我说你现在怎么回事？打你电话也不接，你开发区那个工作现在怎么样？"

"那个工作，早就不做了。"

我皱眉说："这还是你嫂子老同学介绍的？林帆知道又要说了。那你现在在干吗？"

"谁要她介绍？那时候我就说了，不高兴，不喜欢，不乐意，是你非要我去的。"

我一听这话就来气了："你说现在本科毕业找不到工作的一大把，你一个专科刚毕业的，有什么好挑的？"

小娟绷着脸说："哪个要你来管？晓得你是十里八乡都出名的名牌大学生，那你现在是做大官，还是发大财啦？"

我看着小娟，她已经不再是以前胆怯怯的黄毛丫头啦，这几年越长越标致了，穿着打扮也完全是城里人的模样。只是她越来越不听我这个哥哥的话了，话没说几句，就是"好啦好啦"敷衍我。

前几年小娟刚到省城上学，我已经在省城扎稳脚跟，知道家里困难，总想办法接济妹妹。但姑嫂天生是对头，妹妹一开始对这个嫂子就没有好感，不肯上家来。我去看望妹妹，林帆也总跟出来，我没办法，把钱偷偷塞在毛绒玩具的电池盒里，还怕妹妹不知道，使着眼色说回去要记得装电池哦。林帆问，多大的人了，还送这个？我说，小时候都在山里，没见过这个，长大了，补偿一下。

我皱皱眉头说："你现在说话这么呛，平时老吃辣椒？你平时工作，就这样和人打交道？”

小娟没理会我，一会儿之后才说：“从小到大，你不是一直只晓得板着面孔教训我，这不好，那不对，以前我不作声，是不懂怎样回嘴。”

听到这句话我反倒笑了，说：“好，好，我就问你，现在到底在做什么工作？”

小娟没回话，只顾摆弄着锅内盆碗，看母亲走进来，说：“晚上我陪爸爸一起做茶的啊。”

“要弄大半夜的，你在边上做什么？”我有些疑惑。

小娟又板着脸，说：“好几年了，爸爸炒茶，都是我在旁边帮忙。”

母亲突然指着锅内叫道：“你这丫头，放这么多洗洁精，你看看这泡沫，够让我洗好几回了。”

这时我的手机响了，是妻子。我拿起手机朝门口走，在屋外“嗯嗯啊啊”地应着。母亲站在门口喊：“菲菲同你讲话吗？你电话拿过来我听听。”

我朝母亲走过去，可电话已经挂了。我对母亲说：“这小丫头不肯讲话，哎，我回去凶她。”

昨天回来，母亲就问我怎么没有给妻女打电话。事实上这段时间和林帆正冷战，我怕母亲起疑心，设置了几个时间段的闹铃，到点就拿起电话做做样子。

我走进堂屋，看见茶叶正晾着，问坐在一旁的父亲：“什么时候炒茶？”

没等父亲说话，小娟先开了口：“手捏茶叶鲜叶的尾部，如果一掐就断，说明摊青不够，反之就可以杀青了。”

“你怎么懂这么多？”我问。

小娟没回答，我转身一看，她是对着手机说话来着。她架着自拍杆，正说着：“大家看哦，晴天的时候采摘，叶片的含水量会降低，相对高温有利于茶叶芳香物质的激发。今天太阳很好，所以今天的茶叶品质应该会非常好！还有呢，采茶叶正确的手法是‘揪’，而不是‘掐’，二者有什么区别呢？掐下来的茶叶，断面处氧化会更快，颜色发深。”

小娟手机对向父亲，示意他摊开手。她继续对着手机说：“茶青有好坏之分，如果要选好的茶青，还要看采茶人的手指黑不黑。越黑的说明它的水分越多，制作出来的口感自然也好。你们看下，这就是采茶人的手。”

“我们家的茶都是高山茶，高山茶生长缓慢大家都知道，那特征是什么？其中之一就是看叶片是不是包着枝干生长，如果茶叶最末端的一片叶子和茶杆没有包在一起再分开，而是直接分开，那肯定不是高山茶。现在各位都了解吗？晚一点我爸爸就要开始全手工炒茶啦，到时再直播啊，各位记得多多打赏啊。”

小娟挪开手机，转身叫着母亲：“口渴了，倒杯水来喝。”

我抢身过去，愤怒地说：“你搞什么？网络直播？你搞什么，打算做网红？”

小娟瞪大双眼反问道：“怎么啦，这样上班更自由啊，我可有好几千粉丝的。”

我把父母叫过来，对他们说：“你们看看，小娟现在在搞什么？”

母亲端着杯子过来，疑惑地说：“这个不是和电视里的现场直播一样吗？”

父亲倒算有点明白：“你现在工作就是这个？你听你哥哥

的，还是找个单位牢靠。”

小娟叫喊着：“你们不懂！什么时候都是哥哥长，哥哥短，当初干嘛要生我？每次你们都说，我是超计划生育罚款，把家里罚穷了。从小到大，我就是多余的一个？

“当年，家里的钱都要先给哥哥上大学，我后来要上艺校，说学费高，供不起，后来明明分数够了三本，还是说钱不够。读个破大专，到哪儿去找好工作？” 说着她哽咽起来。

“你不是也一直讲，哥哥是大，都先尽着哥哥吗？”母亲轻声说。

小娟哭喊起来：“我讲不讲有什么用？一个儿子，一个女儿，差别就这么大吗？就去年夏天里，回来想吃几个家里的鸡蛋，妈一个都不给，要留给菲菲吃，说土鸡蛋对小孩子营养好。哥哥嫂子国庆回来给他们带着去。爸爸妈妈一个都舍不得吃，亲生女儿也一个舍不得。结果，哥哥嫂嫂又没回来，又说要放到过年，后来哥哥他们回来一看，都放坏了，只能全部扔掉了，我想吃一个也没吃到啊。”她泣不成声。

听着小娟的话，我鼻子酸酸的，说：“不就几个鸡蛋吗，让妈明天煮，你想吃多少吃多少！”

“你们看看这个儿子，面子上是光彩，里子呢，哪里有一点好处！”小娟把右手从脸上挪开，指向我说，“这么多年，你为爸妈买过几件衣服，你晓得爸妈穿多少号码的鞋吗，你晓得爸妈的生日是哪天吗？就讲这茶，你晓得这茶季爸爸睡几天觉？你可倒好，从来没有帮家里卖过一两茶，反而是你的领导、同事、同学，每年都要送，送，送！每年做茶，都是我们全家三个人，就是再忙爸妈也不会指望你过来帮忙，今天晚上你等着看看，做茶有多辛苦！”

小娟哭着走出门去。我顿了一会，跟着想出去，母亲背转身抹了一把眼泪拦住我说："这女子，担着这么多心事，你先别管她，能哭出来，就没事。"

我干坐着，父亲来回起身看着茶青，他若有所思，最后开口说："这女子，心思重，又从来不讲。"

十多分钟之后，我出门去，远远看到小娟抱膝端坐在一间屋子门口，那是奶奶以前住的瓦房。这屋子已经荒废，平日里用来堆些干柴、稻草和杂物。

这时，落日的余晖穿过枝枝桠桠，落在林间地。我慢慢走上前去，坐在小娟旁边。我说："回家吧。"

小娟眼睛朝屋内看去，惊讶地说："你看。"我跟着望去，角落里尽是荒草，却有一朵瘦小的杜鹃花正随风摇曳着。

小娟起身唱道："三月采茶采发芽，姊妹采茶上山岩。头上梳着盘龙髻，脚底穿着绣花鞋……正月梅花迎雪开，二月杏花送春来。撒母耳桃花红搭白，四月蔷薇艳窗台……"

这都是以前奶奶教着唱的歌。

小娟唱着唱着，嗓子忽然像是堵住了，随即她朝屋子喊："娘娘（奶奶）。"

我起身来，喊道："娘娘，我回来啦。"

小娟继续喊："娘娘哎，娘娘。"

父母从家门口探出头来远远望着我俩。

我们俩眼里噙着泪水，一前一后往家里走，这时手机铃声响起，我立住了，拿起手机，掐掉。

小娟上前说："是闹铃吧。"

我心虚地回答："哎，哎。"

小娟拉了拉我的手说："哥，有时候，别太亏着自家啊。"

“哎，哎。”

“哥，你什么时候走？”

我别过脸去回答说：“明天早上，春保过来拿茶的时候，顺道一起走。”

我和小娟回到家里时，母亲正在灶下烧着松木，父亲已经在试锅温了。

父亲说：“全手工的茶叶已经很少有人做了，从外形上来看，机器炒茶均整度更高，茶形更好看。而且如果技艺不成熟，炒茶容易炒出黑点，加上七八小时不停息，上下铁锅里翻动，现在的年轻人，很少能吃这样的苦。

“我知道，今天茶叶要炒一夜的。也就这几天，采的青，制的茶，才是明前茶，过了清明，茶价就低一倍了。春保明天一早来取茶，他的几个上海客人，每年点名要我的手工茶呐！正好拿了钱，给你带走，这一晚上，顶好多天的收入呢。”

父亲开始炒茶了，汗珠不断从他额头冒出来。

小娟在一旁继续直播：“手工炒茶的特点是手不离茶，茶不离锅，连续操作，不能休息，每一锅炒出来三四两茶，茶叶，也是粒粒皆辛苦啊。就这样连续炒制，炒一天也不过几斤茶。”

茶香笼罩着整个屋子。我和小娟打着下手，把茶叶及时摊开在锅上烘足干。父亲说：“这一步很关键，很多绿茶如果只是外面干，里面干不透的话，存放没多久就会返青。”

小娟忽然叫喊起来：“我这边已经预订出了十几斤茶了！直播能看到我们这边的生态环境，又看到爸爸全手工炒茶，大家都非常认可呢！”

父亲笑着说：“这丫头，还真不坏呢！”

小娟说："爸爸，你夸人都夸得不好呢。哥，你来夸夸我！"

我凑近说："下回我买个大绒毛玩具给你，得能装那种大电池的！"

小娟笑得很灿烂，父亲母亲虽然没听懂，但都附和着笑。

春保第二天一早就来了。他赶着回省城，这些明前茶早出去一天，就多贵一天！我也跟着春保的车子回省城。

在颠簸曲折的山路上，春保问我："现在回来还能习惯吗？"

我叹口气，回答说："都从这长大的，怎么能忘本？就说这种座椅带震动效果，也很难在别处体验到啊。"

春保笑笑说："我都出去十来年了，还是觉得山里好啊。以后等孩子大了，还是要回来住。"

我附和道："和我父母一样，叫了几次，都不肯去城里住几天，这是他们的根啊。城里买个房真是累啊，父母都要掏空了。"

春保摆摆手说："都是一样啊，娘老子为小孩嘛，本份啊！"

这时父亲打电话来问我到了哪里，迟疑很久才说到点子上："那个股，还是不要炒了啊。"

后来收到小娟的微信。她说听父母说我要买房，于是给我转账一万，是她的存款。而后又说已经帮父亲安装了微信，记得以后常常发些菲菲的照片回来。

我在手机上打出了"还是找个稳定点的工作吧"这句话，可是想了想，我重新写上："做你想做的事。"